是真佛只说家常

邵丽——著

邱华栋 郝建国 主编

Shi Zhenfo Zhishuo Jiachang

Shao Li

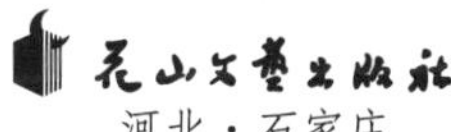

河北·石家庄

图书在版编目（CIP）数据

是真佛只说家常 / 邵丽著. -- 石家庄 : 花山文艺出版社, 2023.7

（拇指丛书 / 邱华栋, 郝建国主编）

ISBN 978-7-5511-6485-6

Ⅰ. ①是… Ⅱ. ①邵… Ⅲ. ①散文集－中国－当代 Ⅳ. ①I267

中国国家版本馆CIP数据核字(2023)第014506号

丛 书 名： 拇指丛书
主　　编： 邱华栋　郝建国
书　　名： 是真佛只说家常
Shi Zhenfo Zhishuo Jiachang
著　　者： 邵　丽

策　　划： 丁　伟
统　　筹： 李　爽　王冷阳
责任编辑： 温学蕾
责任校对： 杨丽英
封面图片： 徐立新
装帧设计： 书心瞬意
美术编辑： 陈　淼
出版发行： 花山文艺出版社（邮政编码：050061）
（河北省石家庄市友谊北大街330号）
销售热线： 0311-88643299/96/17
印　　刷： 河北新华第一印刷有限责任公司
经　　销： 新华书店
开　　本： 880 毫米×1230 毫米 1/32
印　　张： 8.25
字　　数： 164千字
版　　次： 2023年7月第1版
2023年7月第1次印刷
书　　号： ISBN 978-7-5511-6485-6
定　　价： 56.00元

目录

CONTENTS

◎ 第一辑　读心

◎ 第二辑　遇见

◎ 第三辑　读人

◎ 第四辑　美食

第一辑

读心

“物质”女人

一

越来越沉迷于一些真实的物质。为了给一块几乎没有经济价值的石头或木头拴一根绳，我学着打各种结，配上跑遍全国甚至从国外收集来的各种小配饰。我总有办法，让它们不同凡响。

几小时就这样过去了。

我变成了一个漫无目的的手工匠人。事实上，我越来越渴望成为一个这样的人。

经年累月，我在这些物质里浮游、沉迷，终致混沌不开。接下来，我计划做一本书，配上插图，说说它们的故事。往常，我的枕畔、书桌、座侧处处放置着一些小物件，它们安静却又栩栩如生地活着，如同我生命的一部分。

物质不老。有一天我死去，它们依然活着，进入我孩子的生活或一个新的主人的生活之中。

佛祖拈花，迦叶一笑。

有人写成“迦叶微笑”，这“微笑”，终不如“一笑”。

道生于一。

吾道一以贯之。

1993 年，我第一次去新疆，想看看葡萄沟的葡萄和达坂城姑娘的辫子，结果被一个朋友带进一间玉器店。我在那里待了五个多小时。第二天去喀什，我直接去了又一家玉器店。无法描述当时的感觉。完整地回想起童年往事，用过的一只粗瓷青花碗，一个用餐时放筷子的瓷托儿——跟着母亲去朋友家做客，因为实在太过喜欢，将一只瓷白鹅筷托儿偷偷装进衣服口袋。很长一段时间，晚上躲进被窝里把玩。

童年的生活没有金银，更没有玉器，那是系统的、成规模地阉割文化时期。一片灰烬，连看过的书里都没有提及这些物什。当我立在琳琅的和田玉之间，那种撼动，实在是情窦顿开的惊愕。

女人是精神的，但又最无法抗拒物质，何况是玉！更何况是和田玉！

1993 年，鸡蛋大小的和田玉籽料，大体也就两三千元的样子，白度、润度均属上乘。我花五千元给自己买了一只平安镯，宽大厚重。那时，没有年轻的女性肯委屈自己戴镯子——它们已经死在旧时代，而且死了两次，都是以“解放”之名——她们宁可多花一些钱，给自己买块进口手表或是一条金光灿灿的手链。我的玉镯在好几年时间里，只能在枕边寂寞横陈。

陪伴久长，我的欢喜和哀伤，那只镯大抵是懂得的。重要的时刻，我惦记它的归属。远行的日子，我不断地叮嘱自己，有它在家中等我。若干年后，我曾为它写下一首小诗：

环佩叮当
牵着尘世的心
是一只镯
手的空隙
是我们
最绵密的留白

二十多年工夫，新疆的和田玉价格翻了上百倍。青海玉和南阳的独山玉，价格都涨得惊心。当初我并不懂得收藏，多有斩获亦无非随心所欲，结果却是无心插柳，样样细致。就有朋友羡慕嫉妒恨：赚了啊，怎么就有那么长远的眼光呢？

心突然有点儿凉痛。如果仅仅因为价值，眼光是长还是短了？对这些石头的怜爱，也全然变了味道。谁能拿自个儿的骨头称重呢？

到了今天，无论翠玉、沉香、蜜蜡、碧玺，还是南红、珍珠、珊瑚、绿松石……不知不觉中，我以自己的生命书写的“石头记”，倒也有了些“谁解其中味”的沧桑。种种故事，一唱三叹；个中滋味，欲语还休。

极有可能，我散失过许多贵重的物件，留下的恰是不具价值的那些。我仍觉欢喜，这是我与它们的缘。

价格对于喜好，并不是充分条件；人们依照自身的好恶，给各种物质标上价签，可它们依然是它们，它们难道不还是它们吗？

给物质标上价格，其实就是给欲望标价。但我只能在森严的欲望的罅隙里，伺机而动，始终能避开昂贵的物件。真心为着它们的品质，而不是它们的价签。如果生活落魄到要靠变卖首饰度过，于我，肯定心比身先死。

我写下这些文字的时刻，窝在手心里的，是一只被称作水沫子的镯子。它漂亮的程度不亚于翡翠，且仿佛是那种飘着蓝花的极品翡翠。从去年，我开始寻找一种生长在戈壁滩里的石头，做成叫戈壁玉的饰品，精美的程度堪比白玉。

它们都被欲望冷落。

我用各种石头和木头做项链和手串：菩提根、椰子壳、小叶紫檀、南国生的红豆、橄榄核……有时候难免窃喜，它们以自己的生命为我的生命扩容，我岂不是也在用自己的生命为它们正名？我要将我与它们的每一个故事写下，那在暗处缓慢生长起来的力量，忽然之间是如此庞大和耀眼！

一年一年地，这些被琢磨出来的生命的光亮，安静地陪伴着我，不会因为我的衰老和迟滞减损丝毫精致。为着它们，我也奋力地让自己光彩起来。

二

我相信，对物质没有价值观念从我母亲时代就开始了。

我曾成长在豫东南部，一个三省交界的小城镇。父亲在那里做党政主官。小镇给我留下最清晰的记忆，是关于一个叫张老万的大地主的故事。张家富甲一方,方圆百里无人能出其右。新中国成立前夕，这家人举家迁往香港，独一个姨太太带着儿子留了下来。原因不明，不可胡说乱道。据说，后来这个女人是改嫁做了张家车夫的老婆，这差不多是事实。关于他们家的传言，件件都是神秘的，但又没有任何一件事情是有头有尾的，好像都悬在半空，即使灰尘扑面，也迟迟不肯落下来。这对我们小孩子来说，就更增加了神秘感，总觉得会有什么事情发生。

张老万的孙女比我大上几年，独来独往，想必是美貌的。惶惑中见过，她穿着整齐得体的棉布衣，安静地走在边道上，没有想象中的地主崽子那样的猥琐和畏葸。枯枝败叶的冬天，她穿着那种深蓝色的带帽子的棉袄，白里透红的脸庞在寒冬里煞是鲜艳，像是《红楼梦》里的妙玉。妙玉是什么样子我当然不会知道，只是觉得与她相像。她从不和人讲话，声音想必是娇嫩的，应如那娇嫩的脸蛋。满镇子的人都称呼她风雪帽。她住在什么地方？生活得怎么样？我一无所知，但又充满着好奇。

我这么详尽地讲述一个财主是有原因的，青石铺地的一整条街都是张家的宅邸，政府的各个办公机关占据了每一处院落——那是革命和解放最耀眼的徽章。作为革命者的父母及孩子们，享受了政府机关内部的一个四合院儿，那正是张老万的家居之所。房间并不阔大，三间正房，东西各两间厢房。青砖灰瓦，廊檐肃然，门楣和窗框上各有精致的木雕砖雕，朴实整齐的北方建筑。

我要讲述的重点到了。一屋子的家具摆设，全是黄花梨木，做工之精致、场面之气派，现在想来真是不可思议，但当时的感觉却有点儿怪怪的，说不清楚是混沌、困惑、迷茫、忧伤、温暖、喧闹还是肃静。大一点儿读《红楼梦》，书中虚构的人和事，我似乎总能触摸到现实的质地。这些年，我常常思量，我们兄妹，多有绘画的天赋，我和小哥，后来还成了作家——这些与童年那样的生活环境是否有关？

正屋的当间儿，贴墙靠着长长的条几，几面滑若凝脂。周遭尽是繁复精美的雕饰，各色人等，器宇轩昂，煞有介事却又互不相干，好像每个人都有自己的心事或差事。条几东西展开，两边做成圆润的拱边，似是画幅的卷轴。紧挨着条几的，是一张方方正正的八仙桌，纹理清晰却又面如明镜。只是不知何时被何人留下几处划痕，瞬间升起怜惜之心。有几处深色的圆疤，问我母亲，她说是装了开水的搪瓷茶缸烙下的烫痕。从此凡是温热的东西，再也没靠近过桌子。东家以及尊贵的客人，大抵是要在桌上膳食的，恐怕常常是满桌子的山珍海味。

不过那全是凭自己的想象。何为山珍？何为海味？那时的我不知道。现实的占据者，不过是母亲的瓶瓶罐罐。开始的小心翼翼，终被清寒、粗粝的生活磨去了耐心。繁华散尽，精致不再，六只配套的圆凳在寂寞中随处散放。桌的两边安放着两把沉重的太师椅。我父亲不爱坐那椅子，他也没闲暇的时间坐。倒是我的两个哥哥，爬上爬下充装大人，正襟危坐时，竟也有威严富贵模样。

父母带着我住在正屋的东间。屋里箱柜齐全，高低有致。母亲的衣服极少，铺盖也都团在床上。大柜子基本都空着，很快变成了道具，供孩子们藏躲玩耍。靠北墙，安放着一张满工雕花的拔步床——这个名称，当然是后来我在资料中查找到的——从床顶、床柱、床帮到床腿，天上飞的、地上长的，人物花草、飞鸟走兽，绵密得让人透不过气来。那种铺天盖地的感觉，现在还能让我感受到压迫，可见当时我那幼小的感官，曾经经受过怎样的冲击！每当母亲坐在床边给我们做鞋服的时候，都会感叹，纳一只鞋底就要这大半天，这一床架子的活计，不知木匠要花几年的工夫！

六岁那年，父亲被一纸命令调到另一个县城任职，一辆空荡荡的解放牌卡车，拉走了我们全部的家当。一个完全未知的去处，小小的孩童的梦幻世界，刚刚打开一扇门，突然被粗暴地关上。没有铺垫，也没有解释，就像忽然从一个深沉的梦中被猛然拉起。那时我还不懂得哭，可能也不敢哭，只是惊愕，还有深深的、到现在都有的失爱之痛。

爱，用在这里，一点儿都不铺张。

后来我才知道，那满屋子的家具是可以带走的，公家是估过价的，三百元。后来的后来，我曾经无数次责问母亲，为什么我们不买下呢？母亲说，那时穷，哪里有三百元的闲钱买家具？终于有一天，我不再追问了。纵使有闲钱，我的母亲也断乎不会买一顶巨大的雕花大床，因为，那是地主的家什！当然，对于他们这些职业革命者而言，睡什么样的床，也只是睡觉而已。我母亲说，天明忙到天黑，累狠了才躺着。睡着了，哪还顾得上睡在啥样的床上！

几年前，我先生遭遇一场波折，我独自一人守着一套拥挤而寂寞的屋。我想，房子再大点儿，它仍然会是拥挤的。整个世界压迫着我，我只想有一个更小、更安全、更静的空间。陡然想起，原本商定好的要换一张新床。这个想法不知道是让我欢欣还是悲哀，但我被这个念头鼓舞着，花了一整天的时间逛家具市场，买下了一家店铺里价格最贵的一张床。第二天，再去逛床品商店，购置了一套富安娜顶级被单床罩。纯棉，银灰色，细碎的黑色纹路，高贵而端庄。我和我的母亲想法不同，毕竟人生在床上，死在床上，况且有三分之一的生命，是要在床上度过的。既然如此，怎能不顾及睡在啥样的床上？

三

好久不见的一位朋友来访，说他最近正埋头学茶，一时竟无语。茶艺或曰茶道可以学习，茶却是既需要功夫，也需要工夫的，要不怎么叫“功夫茶”呢？“功夫茶”其实也是“工夫茶”，是经年累月、一口一口地咂摸出来的。

我喝了二十余年茶，仍然不敢妄谈茶，总是怕露出破绽。有时候，也仅仅是凭了口感，心底里知晓茶的好坏而已。有几个朋友，知道我喜欢茶，常常赠茶与我。但要说到茶的价格，如何金贵，我却不肯轻易相信。茶道亦世道，鱼龙混杂，泥沙俱下，非价格所能厘清。遇一二知己，坐下来喝几道，反复品咂，方才有了优劣定论，却也未必准。

这些年，攒下几个做茶的朋友，每每受邀尝茶，虽可吹嘘试过世间百味，但终究讳莫如深，甚至守口如瓶。毕竟，口味是越来越刁，但嘴巴却少了刻薄，多了厚道。夏虫不可语冰，与善辩者饶舌，倒不如与善饮者默契。既然已经惯坏了舌头，很难遇到可心之物，倒不如省了认真，不走心，不表态度。而且，逆旅之中，饭饱酒足之后，所谓喝茶，不过儿戏，当不得真。大多是半推半就，拂了茶意，顺了人情，解渴亦解乏，两相自得。

我曾极力为吃货辩护——好吃之人,大多厚道。饕餮之人，整日里花大量时间思想，吃什么、如何吃，又每每被美食撑胀得五迷三道，心满意足。不消说再有害人之心，回击害人者的心思都在酒足饭饱后消弭。能吃饱喝足，便天下安平，还有什么不可原谅的人和事！

如今再说起茶人，毕竟不是陆羽、东坡的时代，能停下身子喝茶者，应该多是爱惜自己之人——或形象，或身体，或名声。以我偏见，比较起南北方的民众，北方农人不善喝茶，纵然厚道，也是不拘小节，行止无当，多粗犷不羁。南方人善饮，劳力之人亦有雅相，有茶的底子。围着琐碎的茶叶子，仔细地冲泡之间，那火候、时间、程序、品味……都是一个用心的过程，终致人渐渐细腻有加。

前年去泉州采风，收获意外惊喜，发现客家人的村庄里，竟然有专门的煮茶老人，负责给闲暇时扎堆的村人煮茶。“煮茶”这词，横亘中国文化几千年，那意境，该为仙风道骨者所独享。现在即使文化人，也很难把它挂在嘴上，但在山野之间，却被大剌剌地说着，甚是意外地痛快！不过，说是煮茶，只是在山脚下平出一块场地，将瓦罐用几块石头支离地面，用柴火烘着，放一把天然的野生粗茶进去，并没有什么仪式感。我被带去体验，看到那铁观音常常陈放了好些个年头，虽然面相老旧，且味道涩苦了些，却意外地回甘无穷。毕竟，是地地道道的高山茶，且用了新鲜的山泉水，物料地道。后来才知道，烧燃的柴火，竟是四处寻来的棺材板子，朽糟沤烂的那种，一根火柴就能点燃。据说这种木头烧煮的茶，更有滋味——我约莫着，这滋味情感大于口感。想起小时候在乡下生活得来的经验，但凡挖到古墓，很多乡下人都去抢那棺材里的衬布，说是小孩子穿了好，估计与此一脉相承吧。茶文化茶文化，想来煮的喝的多半是文化——周围喝茶的多是老人，生死契阔，风轻云淡，无异茶烟。因此，说起话来，神仙一般从容，哲人一般淡定。

吃茶，当配此心态。

再说城市里的滚滚红尘之中，能气定神闲地坐下来喝茶者，多少应是有些出息的。茶让人的节奏缓下来，细想一些来不及思考的问题。欲杀人解恨者，暂时放下利器，找个茶馆，吃一阵工夫茶再行，喝出一身的冷汗也未可知。待汗下去了，心中之怒也放下大半。

说起南方人，我们常常以阴盛阳衰哂之。其实，盛，往往是虚火，成事不足，败事有余；而衰，倒是文明之功课，是修谦谦君子之正途。

说穿了，我们的拼搏，无非是为了出落得有面子些；喝茶本来就是一件体面的事，诸事搅扰着的身心，被几杯茶安抚，说是福报，是功德，是缘分，都没错。

这些年，细嚼慢品过来，攒了几款好茶。但人前不敢说好，只是私下里认为适合我的脾胃。红的、绿的，生的、熟的；十年、二十年的有，新茶也藏；红茶、白茶、伏砖，大致有三五十种。这两年又流行陈年的铁观音，也收了一些。闲来便阅兵一般地欣赏，遇着个懂茶的，更是如逢知己，装作漫不经心，其实心中风吹般得意，一一请出来炫示。其实这些年，性情越来越孤僻，不肯让人到家里来。不期而至的生熟客人，最多是一杯清茶，或者干脆白水。不是吝啬，匆匆行事者，喝什么样的茶都不会走心。若人心不在茶里，岂不是冒犯了茶？

喝茶的仪式感，我觉得不亚于茶。出差带了杯具，断不肯让别人染指，宁可被人骂作强迫症，一定要亲力亲为才可。独一人在家中，烫壶温杯，一步都不肯少。既然是喝茶，便要换合适的衣裳，洗手净口，烫杯温壶，一道一道地悉心品味。我家先生虽然是个老茶客，但常常粗枝大叶，不拘小节，一杯浓烈的绿茶，亦能对付半晌。有时唤我泡茶，自己却满屋子忙着别的事情，刹那间就坏了兴致，断不肯陪他敷衍了事。

一起喝过酒的朋友，我大多记不得；一起喝过茶，特别是上品的茶首，感受过，感慨过，赞叹过。这些茶事，差不多都会烙在心中。

遇到最好的茶事，是在一位兄长家中。节日里团聚，酒足饭饱，仍然觉得兴致盎然。兄长撤去壶中上品的正山堂，说他尚有好茶。去了好大一会儿，方拿出一粒普洱小沱，陈年的生茶。接过来闻一闻，暗香慢来。再打开看，指肚大的包装纸上，有私人的钤印，果然精致异常。兄长说，此茶是某位大人物的专茶，转送给另外一位大人物，偶然的际遇，转了几粒给他。

闻听此言，兴致顿时矮了很多。我自视段数高，也从不信所谓领导之烟酒茶有多好之类。但兄长为人低调内敛，更不喜借人肩膀抬高自己。所以，将信将疑，淡淡地看他一一将程序走完。衔杯入口，果然不俗，再入口，甚是香味夺人。茶的绵厚馥郁，竟一时无法言说。这无法言说，既有不得不说之意，也有不能多说之意，且对这道茶的感受，断不是一个“好”字所能概括。如此琢磨：这大人物中，也有真正的茶君子呢。

有一年的4月初，中国作家协会组织全国著名作家到信阳采风。正是摘茶季节，鸡公山的泉水冲泡新炒出的信阳毛尖，鲜到令人销魂。组织者安排我们采茶，一二十人，分发了竹编的帽子和筐子，迤逦上山。开始还觉得好玩儿，毕竟是游戏，唯觉浪漫。不久大伙儿就暗中铆了劲儿比试，都想争个第一、第二。谁知两个小时下来，肩酸背痛，哀号遍野。收拾起所有良莠不分的叶子，竟然不足两斤。问那炒茶的师傅，师傅说最多能做出三四两粗茶；真正的好茶，要有六七万个芽头，也就是说，要采六七万下，四斤多鲜叶子，才制得一斤好茶。一片咋舌，那一回，所有的参与者，自此对茶肯定都会存了敬畏之心。

常常光顾茶城、茶馆、茶会所，一两一两地买，一斤一斤地攒，竟然学会那茶东家的吝啬鬼样儿，爱惜每一根茶棒，每一泡茶都要喝到乏，惜汤如金。

春节贪了口愉，假期过完竟重了几斤。咬牙吃得素淡一点儿，竟致饥肠辘辘。这时寻了茶来喝，竟然款款寡淡。离开美食，茶大致也终是无趣的。由此想到东坡居士，先生是饮茶的高人，却又时时大啖红烧肉，美食佳茗相伴，自不待言。但先生即使“贫病苦饥”，需要“撑肠拄腹”之时，仍“但愿一瓯常及睡足日高时”，却是我辈望尘莫及的。由此想到南方人爱吃肉，年关家家杀猪，为了便于存放，就腊了、熏了。没有冰箱的年代，可以吃上大半年。山人说，不吃肉没力气，不喝茶没精神。南人好吃肉，这大约是因为饮茶的缘故；善饮茶，也是吃肉所致。茶水刮肠，肠胃里积蓄了油水，才好饮茶。此消彼长，相生相克，由此看来，茶道真真就是世道。

四

四十岁之前，几乎是不染酒的，一是不喜欢，二是没理由。快乐、忧伤、孤独……喝酒的理由甚多，可是这样的时候，我总是排斥酒，与它保持着距离。

蹉跎人生，很多事始料未及，终致某一天与酒劈面相逢，但不知深浅，一下就喝大了。那次醉酒的滋味，至今想起来痛苦万状，针扎一般刺激，翻江倒海般地难过。但说来也怪，越是难以拿捏的事物，越是对我有吸引力。自这之后，慢慢地，竟然与酒有了默契。而且，喝得多了，方才有了自觉，哪怕是为了麻醉自己，也要缓缓地来，清醒地把握住感觉，喝到微醺，人才慢慢快乐起来。有时也会哭，酒是催泪水，委屈瞬间来袭。不过，酒带给更多人的还是愉悦，莫名地兴奋，喝点儿酒抑制不住话多，复读机一样，一件相同的事情，可以反复絮叨无数遍。

也难以苛责，毕竟像我们这些凡夫俗子，喝大一次，营造一个与现世不一样的世界，并在里面沉浸片刻，用以抵御严酷的生活，也不能算是苟且。过去，我父亲就是这样，清醒的时候极其严厉，喝了酒性子就变得柔和，好像酒能返老还童似的。国人的酒文化，历来酒场就是战场，是商场，也是情场。酒桌上谈事，比正经场合还正经，虽然往往是谦恭有礼地开场，狼狈不堪地收场。但大着舌头说出的话，总比一本正经地说出来的有效。

白酒的香醇，常常是经历了一次次的疼痛和伤害之后，苦尽甘来的感知。所谓会喝酒与不会喝酒，会，应是千锤百炼过来的，是好了伤疤忘了痛的。有狼狈，也有收成，因为诸事洇在酒里，也因此有回味。

这些年，往国外走了不少趟，总觉得西方人喝酒完全是为了取悦自己，很少见人扎堆儿喝酒。那些绅士，旁若无人地沉浸在自己的酒里，巨大的高脚水晶杯，一点点的酒水，一整个晚上就那么擎着，想来那姿态就是他们的生活。更让人不解的是，他们将酗酒者视为病人，尤其对中国人类似集体自杀般的拼酒方式大惑不解。其实，东西方文化，何必讲优劣长短？理性固然好，但一辈子理性也很寡淡，“醉里乾坤大，壶中日月长”也未必真那么丑陋。前面我说过，在逼仄的生活缝隙里，活色生香地辟出一段飘飘然的经验，很见可爱。对在酒精里躲避苦难烦恼的人，尤不能苛责，得过且过，亦是人生。况且，对于很多国人来说，酒是一种药，既可以治疗身病，又可以治疗心病。因此，酒文化这东西，文化应该在前，酒在后。

过去我对酒知之甚少，不过是闲暇时作为尝试，先是节假日朋友小聚，开酒助兴。后来夫妻闲暇时，也开一瓶，慢慢地咂，竟也喝出一点儿酒的美意来。酒这东西，很多时候很像狗，你对它好点儿，它都会回报你。

好朋友开了红酒行，常常一本正经地被邀请去品酒，为的是让给酒写写评论。时间长了，倒也练出些功夫，尝一口，就能知道酒的品格好坏。后来，喝得多了，写得多了，周围的朋友有好酒，总是要拉上我凑热闹，俨然成了一个品酒师。那时拉菲刚成规模进入中国市场，口碑是不错的，也的确好喝。关键是当时生存状态好，诸事顺遂，酒也显得格外好。

渐渐地，我的书架被各式的酒瓶填充，喜欢的、有故事的，就留一瓶收着，仍然不为收藏。哪一天高兴，或者有不期而至的朋友，就开一瓶。酒不曾入口，已经被情绪渲染得晕乎乎的。因为是一瓶一瓶攒起的，非寻常，自然是看得金贵。有一瓶置放了十多年的五十年老装茅台，前些日子我外出，被先生拿给不知道什么劳什子人喝去了，气得杀人的心都有了，几乎要拿离婚说事。

好品质的红酒未必是价格贵的。那年去杭州参加笔会，宴请者用的是一款智利干红，不同寻常地好喝。留意拍了图片收藏。过了一段时间，在北京机场候机，在机场的洋酒专卖店里看见这种酒，标价四百二十元人民币，遂买了两瓶。年轻的售货员小姑娘告诉我，可以邮购，并给了名片。赶了一个梨花开的日子，邀朋友们尝了，评价甚是好。于是给那女孩打电话，未接；再看那名片下面有总店的电话，于是直接打过去，接电话的仍是一女子，似是更高一级的经理。说明意图，只是随口问可能优惠。实在未料想，女经理爽快地说，你们整箱邮购，就按批发价发货，二百六十元一瓶。这差价！惊得眼珠子险些掉下来。遂把这事情当故事讲，一做西餐的朋友便要了名片去。过了几日，朋友打电话来，说他买了几箱，价钱已讲成一百六十元。接下来口口相传，朋友的朋友再要了名片去，后来购了十箱，每瓶一百二十元。

一直比较喜欢智利酒，想是与这次酒事有关。

其实是我们自己宠坏了法国、意大利的酒，无非取其贵。在澳洲，新世界的酒，品质很不错，价格也就大约一百元人民币。据说澳洲酒口感新鲜，但不适宜长时间存放，也没考究真假。倒是我有一大学同学，移民去了澳大利亚，因为喜欢红酒，又因常常帮朋友带酒，索性就做了代理。据说仅凭卖酒一项，便成了千万富翁。因缘巧合，难有定数。虽然懂得正经场合别拿酒说事儿，但也别不把酒当事儿。

五

年纪渐长，对食物的要求愈加精细。在外吃饭，总是怕食材不好，怕蔬菜清洗不干净，更怕地沟油损害了身体。说到底，是性格孤僻了，煎熬不住热闹的场面，宁可自己在家中随心所欲。时间总是不够用，大部分又总是被吃喝占去了，常常为一锅土豆烧牛肉或一顿老鸭汤烩面，把一个上午的时间就搭进去了。这倒也没多大错，食色，人之大欲存，早就有圣人言说。

有一回，开车去北京。司机是个对烹饪感兴趣的人，聊起菜，从郑州一直说到京城。下车时小伙子打趣说，不开车了，回去开饭店，单我一路上传授给他的几十道菜就能独撑门面。

我颇自负，天生是个做厨子的料儿，有的菜式是我日常做熟了的，有的却是被人家拎出的食材所迫，临时在脑子里虚构，但做出的东西大致是不会太离谱的，间或还有小创新。

还有一回在北京，女儿一定要去某办事处吃麻辣小鲍鱼。偌大的一盘子辣椒碎，埋了几只可怜的鲍鱼仔，几百元一份，因可惜路途遥远之盘费，常常要吃双份。我划拉一下作料，不外乎是那几样。回到家便要家里的小姑娘去海鲜市场买来活鲜鲍，以清水养上一日，滚水活烫，收拾干净后切片，姜葱加新鲜的青花椒，辣椒一定要选鲜红的。准备完毕，下锅翻炒，五分钟后即可出菜，色香味俱佳。厨师的关键当然是火候把握得当，吃过我这道菜的人，神情一定是偷吃了国宴那样子的。

北方人喜面食。包子饺子，但凡带馅儿的食物，我一定要自己亲手调配，食材一点儿不肯马虎。有天一位朋友打电话，说想吃饺子，又怕麻烦，准备去饺子馆买一份。我告诉他，去楼下菜铺子里买一撮细韭菜，越细小越出味道。韭菜洗净切碎备用，在煎锅里用橄榄油旋两张鸡蛋皮，一把泡发的干虾仁，几颗香菇，切碎混合。其他调料都不用放，只要一点儿麻油和细盐。朋友在我的指导下操作，大赞此物非人间寻常。其实，此物寻常到家，他也只是尝试了一种。新鲜的荠菜、笋瓜、荆芥，皆可用来做馅儿。不消一个小时的工夫即得美味，是做的过程，依然是一种享受。

我非常享受制作食物的过程，对于一个写作者，未必不是一种生活体验。著名作家龙一曾经与我交流过这方面的心得，他更甚，为了写饥饿状态下吃皮带的感受，自己在家中做实验，试了 N 种工序，最终证明了皮带确实是可以吃的。这个妇男，家里吃什么盐他都要经管，常常给我发微信，介绍网上某种不含碘的盐，对身体有诸般好处，或者一种小牛肉的制作工序、鸡丁的另外一种做法，等等。

为熬煮一个汤，要用几个小时的工夫，可那几个小时享受到的幸福可真是无与伦比。炉火上，砂锅慢炖，香气四溢，主人候在餐桌边读一本书。那一刻，对生命充满着感激。由此再读孔圣人的“食不厌精，脍不厌细。食饐而餲，鱼馁而肉败，不食。色恶，不食。臭恶，不食。失饪，不食。不时，不食。割不正，不食。不得其酱，不食”，更是“夫子言之，于我心有戚戚焉”！

我是个习惯熬夜的人，而且大多也是为着那一餐美味的消夜。先将中午的剩饭裹一个鸡蛋炒出半碗，就着炒锅，丢几颗扇贝放一碗清水煮上片刻，切进半个西红柿，一朵香菇，出锅时加几片黄瓜或者几片鲜菜叶，一碗鲜汤就成了。我教导女儿的原则是，饭可以不做，但不可以不会做，懂得做才能真正懂得吃。这样的女人，任何状态下，都不会委屈自己。

朋友的女儿从澳大利亚归国，在我家小住两天，我便变了花样儿做给她。几天饕餮的日子过下来，走时真是恨不能借了我的手去。临出发，非要再喝一碗我熬的土鸡汤，险些误了飞机。回去不无调侃地发来微信：阿姨，你每天吃的饭，比月子餐都精致。

最能安慰自己的，当属吃货。当然也常常为好吃者辩护。常常有人称赞谁谁身材好，皮肤细腻。我思忖，如果没有好吃与吃好这档子事，哪儿来的好身材和细腻的皮肤？

我婆婆是个乡村妇女，她一生靠自己的双手把五个孩子送进了大学。她不识字，对生活的最高要求就是吃好穿好。在最饥馑的年代，她依仗土里刨食和自己的裁缝手艺，撑过了灾年。手中但凡有一点儿余钱，便买些鸡鸭鱼肉补贴伙食。四邻八舍的都瞧不上她，说，这样的女人不是过日子的，早晚得吃穷！好吃的婆婆，从不喜欢节俭的孩子，说，这样的人一辈子没出息！她也是这样实践的，一路吃过来，日子倒是越过越红火。如今，婆婆儿孙绕膝，儿女们生活在天南地北好几个城市里，都是小有成就的人物；孙辈里还有几个在西方国家生活和发展。当年笑话她的那些邻居，大多依然生活在乡下，依然节俭度日，依然寒苦。婆婆每次回去，还都要去看他们，回来又跟我们絮叨：嘴里抠食，靠筷子头儿是省不成富人的。她今年已经八十八岁了，跟着做律师的小儿子在海口生活。如今她只关心吃饭这一档子事儿了，一天几个鸡蛋，吃鱼还是吃鸡，她得说了算。坚持每天散步，锻炼身体，然后就去逛超市，推着一车子食材招摇过市。每天晚上睡觉前，要把次日的生活仔细谋划好，所需的材料必须亲自置办。我想，她快九十的人了，耳聪目明，寝食皆安，估计跟梦里梦外的那么多食物有关。记得她常常教育我们说，人像一盘磨，睡着不渴也不饿。那不渴不饿，肯定还是吃出来的。

仔细想来，有必要把我婆婆养生的秘密武器公开一下：每天早晚两顿饭，必得有粥。河南人叫喝稀饭。稀饭可以是米糊糊，也可以是面汤。无论春夏秋冬，无论主菜多么稀奇金贵，哪怕刚在外面吃了大餐回来，若是没有喝口稀饭，对她来说就不能算是吃饭。就连坐月子期间，她也要强迫儿媳妇喝这种面糊。不过，一碗面糊里差不多要卧上十来个荷包蛋。据说大婆姐生孩子的时候，每天三顿饭均是稀饭卧荷包蛋，每顿二十几个蛋，一口气吃了四十多天，想想都瘆人。对这种方式，婆婆的儿女们早已习惯并欣然接受，我与后来加入的弟媳颇不以为然。然而，几十年过去了，我发现自己也染上了这个习惯，偶有不适，也会做这种鸡蛋穗面汤，早晚喝上一碗，肠胃的确舒服了许多。

婆婆烹鸡，既不红烧，也不白灼，自己去市场挑一只当年的嫩鸡，收拾好拿回来切成鸡块，拿盐和作料腌一会儿，用面粉裹了，先在锅里煎至两面焦黄，加汤炖煮，炖时稍微放一点儿醋，半个小时可食。她的理论是，醋嫩肉，肉离骨则骨头好啃。我一直拿这种做鸡的方法当笑料，看着黏糊糊的汤汁就倒胃口。跟她在一起的时间长了，却也慢慢喜欢上那种味道，许久不吃甚是想念。可见，“多年的媳妇熬成婆”绝非妄言。实在忍无可忍，就去买来嫩鸡，依法炮制，效果难以想象的好。只是，我把醋换成黄酒，加入更多的调料，是为改良菜系，取名“婆媳面鸡”。前年偶尔翻看开封民间食谱，发现自宋代起就有这种做鸡的方法，谓之“面炕鸡”，自是中国文化之一种，不禁哑然失笑。

20 世纪 80 年代初期，不记得在什么书上看到过这样的文字：负责任的家长，每周要带孩子到品质好的饭店吃一餐饭，培养孩子的社交礼仪和生活品位。我大为惊讶，那个时期，中国人还没有去餐馆吃饭的能力，每周到铺有桌布、配有餐巾的餐馆去吃一餐饭，简直就是梦。也就十年八年的工夫，大众就实现了这个梦。好的饭店，特别是一些品牌餐馆，常常人满为患，带孩子去的父母也不在少数。感受的过程亦是学习的过程，我就认为味觉是身体的第一感受。全世界的美食，各个省份、各个民族的特色，多大的学问啊！古人行万里路，无非也就饱眼福口福而已！

当下，是一个以瘦为美的时代，全民减肥。俊男美女们说到吃，都退避三舍，明星们更恨不能把自己饿成木乃伊——主食不能吃，肉食不能吃，水果、蔬菜都不能放开了吃……有一个新说法：想要美丽，什么难吃吃什么。这些“高大上”族群，在味蕾最好的青壮年时期，味觉尽失。关于美食，有一天会不会变成一种传说呢？

食色，人之大欲存焉，而且民以食为天，食更在色之上。想吃的时候就放开了吃，别到哪天吃不动了，想吃也成为一种奢望。凡是上天给予的，一定有它的道理，别用一己之私，去拂逆老天的一番好意。所以我说，只有吃货靠神祇最近。

六

又到了“乱花渐欲迷人眼”的季节。若是不担心荷包，索性就咬咬牙，买件看得入眼的品牌衣裙。我觉得，“衣食”二字与女人的生命等长，舍此还有欲望，似乎就过了界。一件有品质的大衣，可以穿二十年，仍旧不会落伍。倒是那种经年的旧意，折叠着风云故事，更让人觉得有一种沉淀很久的尊贵。记不得唐人是谁的诗了，其中一句倒是让人念着旧衣的好，“衣上泪痕和酒痕”，有点儿伤感，有点儿浪漫，还有点儿小颓废。而且，这些都是我喜欢的。

一次和朋友一起出差，路途上她突然说一句，这次出来感觉特别舒服，就因为脖子上围了一条羊绒围巾。一条围巾能给旅途带来如此大的愉悦？我尝试她那种感觉，真的是柔软了许多，无时无刻不被暖融融包围着，如婴儿般放松。女人需要被温暖和呵护，是精神的，也是物质的。

多年以来，我一直保留着一个很好的习惯，买衣服一定要三思而行，不能让衣柜一下子满起来，一年一年地攒。冬天的大衣，夏天的连衣裙，十年后的我仍然在穿。每年买一两件，十几年下来，挂起来甚是可观。而那些品质精良的衣服的款式和色彩，似乎比我们更自信、更持久，始终不会让人心生厌倦。

当然，好东西也未必全是价格昂贵的，有时候碰巧遇见一块质地好的棉布，花色也漂亮，自己也会动手做一条休闲的裙子。偶尔在某一个城市某一个小店买的一件格子衬衣，朋友送的一套喜欢的睡衣裤，这些被自己洗濯得柔软的贴心之物，搬几次家，清理多少次衣柜，仍然是保留着。衣服浸染了身体的味道，就变成了另一张皮肤，贴身也贴心。

我在文章里多次写到我的母亲，她一辈子都习惯穿自己缝制的衣物。母亲八十多岁了，她年轻的时候正赶上穿衣纯粹靠手工的时代。她养育了四个儿女，都是靠自己的一针一线把他们包裹起来的。仔细想想，那个时代的女人有多辛苦，白天满怀激情地干革命，晚上还要不辞劳苦地为一大家子人做衣衫鞋袜。回忆起往事，偶尔她会说，睡到半夜听见起风了，看看外面，树叶子扑簌簌落在地上，就赶紧爬起来，把大人孩子的棉衣都找出来，一件一件絮好，不然穿出去会让人笑话。她的话点落在怕人笑话上，虽轻描淡写，然而想来却十分心酸。即使在那样“瓜菜代”的年代，不管多清贫，人们希望的也还是生活得体面些。童年的记忆中，女人的持家本领，是可以从一家人的衣饰上打量出来的。遇到别人家的孩子,总是要看看鞋子，胸口盘的纽扣什么的。看到做得周正的鞋子，还会追到人家家里去讨鞋样子。

母亲退休后，经济条件自然是很好了，可她仍然坚持穿自己缝制的衣衫。我每年帮她买几件好衣服，她要么关在柜子里，要么拿出来送亲戚。她晚年跟妹妹一家在深圳生活，我抱怨她，住在高端社区，穿得太不像样，会让人觉得儿女不孝敬——这岂不是跟母亲年轻时的想法一样，不过是怕被人笑话。可是母亲却说，管人家干吗啊，自己穿着舒服就行，况且二十年不买衣服都有的穿，人要懂得惜福。母亲至今都是亲力亲为，总是把自己简单的棉布衣饰洗得干干净净，头发剪得短短的，指甲修得干净整齐。她性格好，对任何人都和颜悦色，所以小区里的人都喜欢她，也尊重她。这样的母亲，她的体面，都在骨子里。

小时候，母亲做一双鞋子要花好几天的工夫，所以每穿一双新鞋子，她总要告诫我们，走路的姿势一定要周正，要会看道儿，女孩子不能踢踢踏踏的。这种教导，其实是让我们有了一种自然的教养。我从小就爱惜东西，鞋子只有穿小了、穿旧了，很少有穿坏的。一直到今天，我仍然是爱惜每一双鞋子，悉心地打理呵护，总要穿上十年八年的。还在读高中的时候，喜欢听侯德健和程琳唱《新鞋子旧鞋子》，歌里大致说的是老人和孩子对鞋子的态度，蛮喜兴，也蛮斗争的。从这首歌里，可以看出鞋子也是历史的见证，而且，历史上好像没有任何一个时期像现在这么在乎鞋子的，五花八门，光怪陆离，目不暇接。所以，选鞋子的时候，我尽力选择品质好的。好品质的鞋子是有生命的，你费心爱惜它，它都懂得，也会回报你。这样的鞋子能穿很多年，搭配不同的衣服，总有不同的韵味儿，耐看。走路的时候，选择一双旧鞋子，那种舒适，脚会告诉你。

这几年，除了自己动手做几件休闲的服饰，我还常常逛一些布衣店。那些简单的棉质布料，做工精良让人感叹，选好了，能穿出非同寻常的效果。

说是人帮衣，衣也帮人，其实衣服有时候也罪人。记得某总统的老婆，罪状之一就是衣服鞋子多，但是细节都记不得了。宫廷这些事，不是我们寻常百姓所能理解得了的。只是把这些鸡毛蒜皮的事都抖搂出来，对双方都未必体面。

我还差不多是个“围巾控”，收藏的围巾有一百多条，各种价位、各种款式、各种面料，卷在一个透明的整理箱中，换季的时候，挑拣出一些摆在床边箱柜上，甚为赏心悦目。更欢喜着每一个换季的时节，一件一件整理服饰时的熨帖，心都跟着香艳。

我以为，穿得体面，是对身边人的一种尊重，也会换回别人对自己的敬意。有时候，穿着丝绸长裙，踩着高跟鞋去小店打包一份热干面，店里吃饭的客人会顷刻之间安静许多。厨子会停下来，耐心地询问你的需求。老板娘说话的声音也低了下来。这是我的亲历，若是不信，你不妨试一试。时常觉得，换洗衣服、保养皮肤、护理头发，是自己一个人的需要，其实和悦的是周围的世界，别人会因为你的出现而感受美好。穿衣的进步，应是人类文明重要的组成部分。

女儿小时候，我对她的穿着从来不肯马虎，哭闹也不妥协，不肯任她随意。还没几年的工夫，女儿开始和我调了个过儿，教导我如何穿着打扮，什么合适什么不合适。女儿成人了，母亲可不就变老人了？女儿说，你自己不把自己当老人，你就永远不会是老人。她让我看她的钢琴老师，七十多岁的中央音乐学院的教授，发如银丝，皮肤纵然有了小皱纹，却也细腻光亮。当她穿着碎花连衣裙，声音甜美，快乐地指导学生上课的时候，你会觉得她就是一个少女。老师说，她每天晚上坚持给脸部敷面膜，早晨起床第一件事就是梳洗、化妆，几十年她都坚持穿连衣裙、长筒丝袜和高跟鞋。在家里给学生上课，也从来不懈怠对自己的修饰。我觉得她教会孩子的不仅仅是钢琴的技能，更教会了她们做女人的气质。

女人的精细和奢华并没有必然的关系，有时候，偶尔窥视到一个外表朴素的女子，内衣却极为整洁严肃，让人忍不住心存敬意。反而是对外表奢华，肯几百几千地为自己添置外套，内里却粗俗不堪的女人，有一种说不出的嫌恶。这种人，进入私人空间就蓬头垢面，没有不带洞的袜子，褪色的内衣裤胡乱地堆放。不知道她是怎么想的，舍得买价格昂贵的羊毛外套，却不肯换一件贴身的背心。这说明，她们只会取悦别人，而从不取悦自己。这样的女人虽然有钱，却没有尊贵。在西方电影里，常常看到落难的贵族女子，简单的衣饰，一定是整洁干净的，即使生存在破旧的房子里，每天都要清洗头发和身体，睡觉前把衣服整齐地叠放在枕畔。这样的女子，身处什么样的恶劣环境，她们的心灵都足够尊贵、优雅。甚至可以说，贵族的尊贵，放在优渥的环境里并不觉得有什么，只有在逼仄的环境里才真正显现出来。尤其是一个人独处时的优雅，才是真正的优雅，尽管那可能是用孤独打的底子。

七

前年随团去墨西哥访问，在印第安人的手工作坊，我发现了一直心心念念的桌布。黑黄交织，虽醒目，却不张扬。黑是纯粹的黑，黄是明黄，大胆的图案设计、华美的配色、朴拙而又尊贵的质地，样样都让人爱不释手。二十美元，我毫不犹豫地买了两块。因为过于厚重，行李箱塞不下，手提一个大购物袋在国外长途奔波，狼狈之相可以想见，至今想起来还忍俊不禁。幸而同团的两位男士体恤我，一路不辞辛苦出手相助，终于遂了心愿。

地毯、桌布、床单、披巾，这些好像无关紧要的物品，对我却一直有着无法遏制的魅惑。

对于家居摆设，我喜欢简洁明快的风格，所有的物什都强调简单，但客厅地板上若置放一块羊毛地毯，感觉一下子就起来了。想要用一个词形容这感觉，却又说不出，很难表达到位，就是既很洋气，又很浪漫那种，很像过年穿新衣新鞋那样的感觉。平面直角的餐桌，木制的、笨重的，看上去很闷，若是铺一块雅致的餐桌布，效果立刻就不同寻常了。坐在餐桌前的人，亦会不自觉地端庄许多。一碗面，或者素白的米饭，在铺开的桌布上享用，能感觉到别样的滋味。更甚之，泡一杯茶，坐在临大窗的餐桌前看一本书，时间过得从容而优裕。

对房子的装修，我似乎没有更多的要求，用环保的涂料粉刷墙壁，柜子直接固定在墙上，寥寥几幅朋友的字画。窗帘是纱质的，即便是合上也能有微光透入。我喜欢这样的感觉，夜间关上灯，仍能感受到城市之光和她的温度。我唯一固执的，就是对地板的苛刻。木地板给我一种安全感，阻隔了与钢筋水泥的直接面对，在很大程度上缓解了情绪的焦虑。我也喜欢养狗，狗肆意地卧仰，总觉得活动在木地板上的狗是舒适的，身体更健康。有时候，我也会坐在地板上看书，当然，也是在大窗下，一本一本地摊开，四周全是书，想起谁写的“我坐在一大堆阳光和书中间”，那种满足感瞬间爆棚。

我始终拒绝在卫生间阅读，所有的书都不允许家庭成员携带入厕。纸质书是吸味儿的，沾了杂味的书籍如何能再安然阅之？

我喜茶，其实泡茶无须繁复，只需一套简单的茶具。不过，说来简单，喜茶的人，总是会喜欢茶具，尽管每次都抑制住自己的冲动，但总还是忍不住添置一些茶碗和玻璃茶器，只是觉得赏心悦目。天长日久，家里的茶碗倒成了一道景观。

不管什么样的居住状况，清洁一定是必需的。经常会有朋友倾诉，夫妻俩为做家事而怨愤。我十分诧异：做家事对女人不是一种享受吗？你想啊，偌大的一个世界，仅有这一片是属于自己的私人空间，悉心地打理，一桌一椅慢慢拂拭，如对话般体贴，不该是像赏宝一样心怡吗？

少年时，常和院子里一个叫小咏的女孩儿玩。他们一家子过去在长沙，父亲从部队转业回到北方家乡，全家人都带了回来。母亲是一个丰腴漂亮的少妇。外婆气质也不凡，一眼就能看得出是在城市生活惯了的人。第一次吃到盐渍的话梅就是她外婆给的，只一颗，放在小手心里，轻声叮嘱："握住，不要掉落了。"想想我姥姥给孩子们发糖果，从来不这样，她总是抓上一把，胡乱地塞进人家的口袋。因此心中格外诧异，觉得那外婆不凡，既小气又洋气，而这洋气因此而霸气，怪不得我们在她跟前儿绝对不敢造次。

有时我去找小咏玩，她会突然嘟着嘴说："我妈妈说了，想出去玩可以，必须先抹了房才能去！"好奇心一下子被吊得高高的——抹房？房子如何抹得？立在人家的门口看，见那孩子拿了蘸水毛巾，在屋子里认真擦拭。小小的个子，不过十来岁的年纪。我一个人甚是无趣，便学了她的样子，自回家去，打一盆清水，找来一条旧毛巾，上蹿下跳地折腾，且越干越来劲儿，直到一个陈旧的家被我弄得亮堂堂的。母亲下班回来，自然猛烈地赞扬。自此，我像一个辛勤的童工，打扫卫生的活计就归了我。若是小咏唤我玩耍，我也极为郑重地告知：我得抹了房，才可以去玩。

好习惯和坏习惯，但凡养成，都能跟人一辈子。每次出差住宾馆，也会不自觉地整理房间。退房时，一定会飞快地把卫生间清洁干净，几乎变成一种强迫症，总担心给别人留下不好的印象，纵使是不相干的人。去年冬天，在北京鲁迅文学院待了三个半月，我想我会是做保洁的大姐最喜欢的学员。晨起的第一件事就是把小屋子整理干净，连地板和卫生间都仔细地擦出来。每天看见大姐，她总会一脸灿容，笑得花开一样说:“若是都像你，我们可就轻省多了。”

我从不要求我家先生给我送花，这样也让粗枝大叶的他省心。送花只是一种仪式，所赠之花又未必有多大用途。我隔三岔五会到花市上逛一逛，有时单买几株喜欢的闲花野草，有时看到刚从南方空运过来的玫瑰，极为新鲜，如同买菜一样，一整捆拎回家去，再细细地择了，弄大大的一束，插在阔口的瓶中，不用任何缀饰，美得怡人大方。待花瓣掉落，收进玻璃碗中，下面添了水，漂在水面上的花瓣，比起一枝枝的玫瑰，更加绚丽。净色的床罩上，放一朵玫瑰，整间卧室都喜气洋洋的。干玫瑰花瓣，用布袋子装起来，置放在床头，无论多久都会散发出异香——呵呵，原本不值得一说的事，不知不觉竟说得如此香艳。

其实，把花摆弄好，也是生活。尤其是在北方的冬天，万木凋零，满眼都是破败的气象。这时买两盆半开的蝴蝶兰，就等于换了季，又换了心情。我喜爱深紫色或红粉相间的，悉心照护，能开四五个月。再配几盆绿色的植物，忽然间就对人生没有了苛责。这周遭有很多郁郁葱葱的生命，在我们的忽视里无怨无悔地生长和凋零。

旗　袍　秀

在我们那一代人里，我自认为对衣饰的要求还是比较讲究的。但偏于保守，要求品质而不要求新奇，中规中矩，什么季节穿什么衣服，春捂秋冻。就算是夏天，也不穿过于暴露的衣服。这是从我母亲那里学到的规矩，又用它教导我的女儿。三十岁之前，我甚至都不曾想象有一天我会穿上旗袍，这种对我来说过于吸睛的“奇装异服”。

这样说，并非是看不上。旗袍在我心中是很有分量的——过去过于沉重，后来则过于庄重，直到我用那种充满敬意的心态打量它。经典的、贵族式的、东方服装文化最优雅的表达。但我始终觉得它属于过去式，属于民国。

生活里的许多事情，都是在偶然中完成的。比如，我突然想写写旗袍。那一整天，对着窗外的天空发呆，偶尔有一架飞机从窗格子上划过。傍晚时分，会发现大片的寒鸦不停地在渐渐暗下去的天空盘旋，看上去像飘落的黑色絮片。北方城市的冬天，差不多只有这一种鸟在顽强地生存着。它们寄居在那些老旧的行道树上，晚上像黑色的石头，白天则疯魔般地在城的上空攒动，尖厉的鸣叫声让人心生不祥。这种景象与旗袍和美女均无半点儿干系，只是这样的暮色之城，很容易让人想起旧电影里的情节，天空之下自然不是今天钢筋水泥丛林中的街道，而是十里洋场的上海滩，抑或灯红酒绿的秦淮河畔。纵然是在战乱的年代，也总会有仪态万方或者花容失色的女人，穿着旗袍和高跟鞋，肩上有皮草。

这些旧电影里的老故事总是暗合着冬日黄昏百无聊赖的心情。现实里，从十六楼望下去，街道间的女子大多衣衫笨拙而随意，她们匆忙地飘忽而过，为生计而奔波，神色模糊而坚定。为什么半天没见一个穿旗袍的女子呢？想必她们极少步行，应该是端坐在车子里。一个穿旗袍的女人，无端地在大街上胡乱走，让人难以置信。

即使是战乱时期的宋氏三姐妹，看她们行色匆忙时的老照片，也是旗袍装居多，端庄贤淑，凛然不可犯。即使国难当头，也是从容面对。相比较而言，霭龄富贵，庆龄雅致，美龄的衣装则可以用裙裾飞扬来形容，几乎兜不住她的身体，更兜不住她火辣辣的一腔热血。她在美国国会的演讲照片，登载在著名的《时代周刊》上，让全世界为之惊艳。

其实，整个民国时代的名媛们的确已将旗袍的美与媚演绎到了极致。我觉得那也是一个国家的文化自信。她们用服饰、语音、文字和行为，垒砌了一个东方文化长城。除了宋家三姐妹，尚有那陆小曼、张乐怡、赵一荻、严幼韵、吴贻芳、唐瑛……一长串名字，个个都是中国近代史上的一抹亮彩，她们已毫无疑问地成为经典，成为魅力不散的东方传说。风姿绰约的背后，是暗暗生长的传统的文化力量在支撑，以至发散开来——或大气从容，或独立自信，或灵秀温婉，只是说不清她们与旗袍谁更衬托了谁。

我只是奇怪，若论民国女子的风头，林徽因当首屈一指，却未见她着正规旗袍的相片。短款的袍子倒是有，也端丽大方。缺失给人更多的遐想空间，却仍然是遗憾。反而在那些有数的美女之中，徐志摩的前妻张幼仪却是典雅高贵，一派大方，她是能撑得起旗袍的女人。她留下的那款着旗袍的照片，既从容又大气，私下觉得徐志摩实在有些配不上她了。

张爱玲着旗袍，几乎是自信到了自负，看起来目空一切。她有自信的资本——漂亮、才华横溢。但从文字记载中看，现实中的她或许并不那么妥帖，骨骼宽大，行动缺少从容，至少身姿不甚妩媚。连她的母亲都对她的仪态略感失望，但人家，硬是穿出一片风景，所谓海派风格，看来其来有自。

我初识旗袍是20世纪80年代初，我到了十四五岁，才陆续看到一批以《天涯歌女》为代表的老电影。旗袍让女人不同寻常地艳丽，让人心惊地妖冶，但我也根深蒂固地认为，那是资产阶级的东西，是旧时代里的事物，与当今的世事无涉。

不过二十年的工夫，女儿长大了。有一天她突然问我，妈妈结婚时穿婚纱还是旗袍？我的婚礼和婚纱、旗袍，就这样被突兀地摆在一起，令人瞠目结舌。面对这个穿洋装、吃洋餐长大的孩子，我无法让她想象我们曾经的岁月。我的婚礼是 20 世纪 80 年代末，在老公乡下的家中举办的。什么样的仪程完全淡忘了，只记得流水席吃了三天，院子里摆放几十张桌子，大人小孩儿，车轱辘般走了一拨儿又来一拨儿。我婆婆是镇上著名的裁缝，我的婚礼服装是她亲手剪裁制作。那时是初秋，她为我做了一套蓝灰色的西装，衬衣是艳俗的橙黄。我任由她摆布，听话地穿上了这套小镇礼服。这样的我，应该与小镇新娘最大限度地缩小了差距。公公是那个镇子上公立医院的院长，他和他的同事们都坐在主桌上。新婚夫妇敬酒，医院的一个医生指着我对我公公说："你家这儿媳妇将来会有出息，她不好穿！"这话让我迷惑了半天。后来我婆姐跟我解释说，他家的儿媳妇也是个城里人，大冬天的穿着毛呢裙子回来。下车不到半个小时就走人了，说太冷，吃不了乡下的苦。

旗袍和婚纱，距我的婚礼何其遥远！那时穿旗袍的新媳妇，怕极有可能被乡下人误解为不正经的女人。

女儿结婚前夕，在上海一家旗袍行定做了一件大红的新式旗袍，立领，无袖无肩。她高挑的身材，只有一尺七寸的腰身，穿上半短的紧身旗袍，配三寸高的红色皮鞋，像一条美丽的蛇妖。女儿为我选了一件淡蓝色手绣旗袍，长及脚踝，配白色的高跟皮鞋，我以此而惊艳，旗袍如此进入了我的生活！后来，我又做过几件不同场合的长款或是居家的半短袍子。我庆幸自己没有与旗袍错失，而且暗自自负，到了四十几岁的年纪，旗袍的味道倒是比青春的身体更契合。哪怕是冬天，穿一件毛料的长袖格子长袍，重灰与牙白相间，领口袖口镶了正红的边线。袍子把身形曲线衬托得恰到好处，外面套一件长款的咖色西式大衣，黑色的短靴子，处处让人熨帖。

2014 年，我在鲁迅文学院高研班学习。学校的文娱活动也是考核学习成果的一部分，每一次的联欢，都极其认真，老师和学员全员上台。我无有唱歌和舞蹈才艺，被老师和同学拉上台去走旗袍秀。平生第一次以表演的形式登台，绷不住要笑将出来，却又害羞、紧张到窒息。到底是一群女才子，有气质、文采做底子，每个人有各自的气质、神韵，每一款旗袍都是一首曼妙的诗，每一个穿上旗袍的女子都变成一阕花间词。这样的秀，给了我们，也给了看我们的人特别的感触。本是小插曲，却将作为人生的大事件，在记忆中定格。

前年去苏州，在一家丝绸公司看了一场民国旗袍秀，一百多件收藏者收集到的各个时期的名女人的各式典礼旗袍，穿在模特身上，隆重登场。灯光、美女、华服，奢华到让人恍惚。然而，娇嫩的面目却终是负荷不了旧时代的分量，做这样的秀是需要足够的学养压阵的。比如电影《旗袍》，张曼玉换了一百多件旗袍，美到了极致，却仍是觉得轻飘，与世事隔开很大的距离；再比如电视剧《旗袍》，马苏也穿了几十件旗袍。马苏称得上漂亮，道具用的旗袍也是件件经典，却怎么看都有出演的感觉，仿佛那穿在她身上的衣服是借来的。旗袍的典雅气质，东方的含蓄之美，甚至旧时代女人的羞怯抑或秦淮河畔女子们独有的风流，都是在日常里被文化一点一滴熏蒸出来的。

时过数年，旗袍已经步入女人的日常生活，虽然不是人人必备，但不算考究更说不上精致的大众袍子，也渐渐屡见不鲜。汶川地震一周年，随采风团去映秀镇访问。映秀镇是那次地震的震中，虽然各行各业都在重建中，但残垣断壁仍然随处可见。就在映秀镇中心小学的废墟旁，遇见那个穿旗袍的女人。她与她的丈夫和儿子走在一起，看起来是震后新组合的夫妻。女人一无所有的坦荡，矮胖，生动。旗袍绝非量体裁衣，柔软的化纤面料，衩开得很低，一眼望之便是大个女人的长袍，生生被截去了一段。便是这样令人错愕的装束，这个面相模糊的穷苦女人，我也在她的眼睛里看到一种光，一种劫后余生的满足感。她的安心快乐，让那荒诞不经的袍子也变得温和得体起来，有着不容侵犯的尊严。

想起来偶尔在菜市上，碰见居家的小妇人，穿半短的素色袍子，挎着菜筐，因为市井里的光照，因为她神色的安详，你突然便发现了美。这样的美，与宴会厅堂中的妖冶相比较，更具血肉相融的人间气息。

当然，这样的市井颜色，需要耐心地打量、平常地端详，以及设身处地地比衬。

花间事（一）

我乡下的姥姥只识得一种“花”——小桃红。桃花和杏花自然是不算的，它们开出花朵，原本是为了结果子用的。小桃红却是不一样的。它从四五月里初放，一直开到七八月间，只是为了好看。北方的庭院，鲜见花木，乡间的女人大多和我姥姥一样，讨来小桃红的种子，撒在房前屋后，甚至移几棵苗，栽在矮矮的泥巴墙垛上，不浇水，不施肥，它们大多都能长得小擀杖一般粗细。一大蓬红得发亮的枝干，碧绿狭长的叶子，开红花、开粉红花、开白花。有蜜蜂在花间传粉，到了来年，三种花色就开到一个枝条上去了。

我姥姥一辈子生了八个儿女，留在身边的有六个，病死一个，还有一个我应该叫二姨的，在陕西逃荒时为了给孩子讨个活路，送给了一户好人家。我妈说，新中国成立后我姥爷去寻过，收养的人家早已不知去向。那边的街坊问，小孩子可有什么记号？我姥爷说，手上包了红指甲——那染红指甲的颜料，就是小桃红的花朵。

如果不张罗着找这个孩子，兴许就没什么事。可既然去了，就成了一桩心事。那一年，我姥姥整整害了一年心痛病。她总是一边做活计一边捂着胸口喊疼。好像有着某种心照不宣，那一年院子里的小桃红开得格外美艳，到院子里来的人，都会被那一蓬蓬鲜活的生命招惹得不能自已。但谁想采一朵都不行，姥姥仿佛要把所有的花留给那个失去的孩子。花儿败落了，花苞里的种子一包一包地收了、藏了。直到她死去，院子里的小桃红始终茂盛地开着。平常若是有人讨要，便只管摘了去。只是我妈和小姨们却从不动那些花朵，仿佛那是她们的姐妹。

记得我小的时候，我姥姥仔细地摘来眉豆叶子，将小桃红花砸成泥，加点儿白矾，悉心地包扎我的九个指甲。右手上的星星指（食指）是不能包的，包了会烂眼——我姥姥不信命，一辈子不让人看命，但她相信祖辈传下来的那些经验。每次给我包完指甲，却总是不停地絮聒：包了红指甲的孩子，会是有福气的孩子。小桃红辟邪，染了小桃红，孩子就会无病无灾了。

也许，唯一能给她安慰的，就是送人的那个孩子染了小桃红。

用小桃红染指甲，自然是很慢，得扎裹一天一夜。若是不小心脱落了，还得重新包一次。我们那个年纪的小女孩，指甲好像大部分都被小桃红染过。一定要有耐心，为了好看，一天一夜也小心忍着。小指甲被包得油润润的，红明透亮。小姑娘们见了面，不约而同地举起手来炫耀，美得如同小手开花。小桃红的汁液渗透到骨头里，怎么洗、怎么磨都不会褪色，指甲被一圈一圈地剪去，指尖处剩下一轮红色的小月牙，像极了小桃红的芽苞。

算起来，被送人的那个姨若是活着，也七十多岁了。每次遇见西安的老乡，特别是富态好看的女人，我总是忍不住问人家，你是河南人吗？你家里种不种小桃红？

小桃红如同乡间的女人，不香不艳、不娇不媚，活得很认真，也很认命。一年生的草本植物，靠种子延续。也许正因为它的生命只有一年，所以才拼命地绽放，这朵败落另一朵随即打开。渺小的一生，起承转合竟也有滋有味——谁会相信背后没有一个伟大的神在照拂这一切？

旧时代里的女人，亦是如此活法，一个接一个地生孩子，直至过了季节，枯败了，才无可奈何地放弃孕育。这番轮回，恰似一首歌中唱的：女人如花花似梦——我猜想，这首歌的作者，一定完整地知道小桃红的花事。

我们 20 世纪六七十年代出生的这一茬人，碰巧赶上国家实行计划生育，只准生一个。我姥姥不服气，鼓动我再生一个，说再生一个，我偷着替你照看！她那年已经八十多岁了，这话说得好像为了生孩子就可以揭竿而起似的。其实也不是妄言，前些年那些数目庞大的盲流，不就是为了多生一个孩子而背井离乡吗？

“光景好了，有饭吃有衣穿，怎么也该生一大堆孩子嘛！”

她说。那声音里不仅仅是惋惜。

晚年的姥姥，几个儿女都在城市生活，她却很少去城里住着。她说城里不养人，离了地气她就生病。她舍不得她的院子和小桃红。堂屋的当间儿供着观音，她每天起床的头一件事就是上香。在乡间，老人与老屋能过出真感情。她们那个时代嫁人，一个是看人，另一个就是看屋子。每个老屋前面都有一眼老井。一个女人如果一辈子只住一间老屋、吃一眼井里的水，堪称功德圆满；评价一个女人，说她吃过两眼井的水，她的人生立马就会打折。

姥姥守着老屋，天天祈祷孩子们在外面平平安安，心里肯定希望他们常回来看看；但真正看到他们回来了，又心疼得不行，一个劲儿责怪自己。

在小桃红开开落落的几十年里,姥姥走完了她的人生。她，不过是一株多年生的草本植物。

我姥姥死后，乡下的小桃红也越来越少了。乡下的女孩子不再待在家里生儿育女。她们大多跑到城市里讨生活，指甲上涂着耀眼的指甲油。她们不知道有小桃红这种植物。指甲油是个好东西，用小刷子轻轻一擦，指甲顷刻间就变得五彩缤纷。匆忙的生计里，省出了多少可以用来奔波的时间。乡间的女孩子怕是看不上小桃红的，她们更稀罕城里那些叫不上来名字，但是一年四季都能开的花，哪怕是开在道边，被灰尘蒙面。这些女孩子心甘情愿地挤在城市的角落，用各种伪装，企图遮蔽自己的身份。她们祈盼嫁一个城里人，生出儿女华丽转身——

终究像一朵花，还是要生儿育女的。若是有人说起乡村生活的好，她们就会露出鄙夷的神色——她们比别人更看不起过去的自己。她们知道，即使开再艳的花，一辈子守在一个地方，也是生不如死。也是，我姥姥从出嫁到死在一个院落里过了一辈子，只识得一种叫小桃红的花。她的心中是否曾经有过华丽的梦想？

想起姥姥教过我的一首民谣："小闺女儿，坐门墩儿，嫁个小子进城根儿。不念书，不识字儿，生一大堆小小子儿。"

我年龄大了，常常发愁一些不相干的事物。比如，有了指甲油，小桃红这种植物会不会有一天绝迹？有一天忽然在朋友圈里看到一种天然的染发膏，说是在新疆，有一种叫"哈尼罕"的植物，花朵打碎了调成泥，可以染头发。将头发染成棕红色。头发被花朵滋养，油润明亮，不褪色。仔细在网上去查那哈尼罕，可不就是我们北方的小桃红！不过几年，植物染发已经成为一种风尚。小桃红不但没有绝迹，竟然成了一种产业，令人始料不及。我幻想，有一天我们的城市会不会腾出空地，供我们种植这种叫小桃红的花草，让城里的孩子也用花朵染红指甲？

2016 年 7 月，偶然到山西晋城的一座古寺庙里参观，意外发现庙里有一间娘娘殿。我捐了功德，虔敬地祈拜。转过身，惊喜地望见院落里有大株的小桃红。求得了方丈的许可，采了一包。归来，用了三天时间染我的指甲，其间端着指头什么也不做。那过程，时间中的慢节奏，让人想起这许多的旧事情，恍如端坐在矮凳上，安心地被姥姥细心浸染。这么安闲的时光，即使活成一棵草，又有什么遗憾呢？几十载的仓皇奔波，不过转瞬之间。那几天，花事跟心事纠缠在一起，简直让人意乱情迷。染指甲的工程完毕，我独自走到天台上，看着偌大的城市在暮色里慢慢沉没又被灯火重新点燃，竟然渐渐有了再生般的心情。

花间事（二）

立了秋，夜间偶尔起一阵风，不知道触动了哪一根神经，等不得天亮，急慌慌地想去买一件纯色的衬衣，白色、米色、淡粉、藏蓝，纯棉或者亚麻，搭配真丝的半裙。我这怕是有点儿怀旧了，传统里的少女记忆。我告诉女儿，20 世纪 80 年代，女孩子们都这样穿着打扮。女儿说，妈妈你还真够时尚的，有一个英国牌子，叫玛格丽特·霍威尔，就是这种味道呢。

时装最能应验风水轮流转的魔咒，三十年前的款式，回过头来也未必不是时尚。

在我的少女时期，有那么几年时间，流行尖领的女式衬衫，都是上述那种纯色，只是面料有点儿奇怪，叫“的确良”。作为一种布的名称，“的确良”还是“的确凉”，当时我们真是搞不明白，而且更倾向于后者。那时候这种布是一种相当稀缺的奢侈品。还有很多扯不起布的人，用尿素袋子充当的确良，照样招摇过市。

那会儿的衬衣裁剪简洁，除几粒白色的小扣子，不带任何装饰。配长裤或者长及脚踝的百褶裙，十几岁的女孩儿绷着一张粉脸，雅致得一派天然大方。当然，时过经年，说是“天然大方”多具有主观渲染，也可能是野心勃勃，正如鲁迅描写上海时髦女孩那样：“凡有时髦女子所表现的神气，是在招摇，也在固守，在罗致，也在抵御，像一切异性的亲人，也像一切异性的敌人，她在喜欢，也正在恼怒。”呵呵，可能就是这个意思吧，谁知道呢！

那年代可不是稀罕纯色，而是缺少花色。一整个布匹柜台，只有笨笨的几匹料子，色泽单一。不记得是从谁开始，在衬衣的领尖袖口处绣一朵花，也是素淡的，有梅花，也有菊花。没有牡丹，在当时因为其大红大紫，还被归入俗艳一派。这些小小的花朵，如同丝巾里飘出的一缕秀发，骤然俏皮了许多，很有唐诗宋词里那种“疏影横斜”“暗香浮动”的意境。

我便是那时学会刺绣的。与素描课的勾线一样，妈妈用一个时辰工夫，便教会了我基本的针法。极用功，初始在碎布头上反复演习，随后在自己的衣服上试验，渐入佳境，竟然帮了许多同学设计。绿衬衣上绣一片绿色的叶子，米黄色的领尖上绣一朵橘色的花朵，全靠丝线的光泽。不甚精湛的手艺，在衣服的某一处若隐若现，有着隐忍的嚣张。

十四岁那年，我得到人生的第一双皮鞋，是妈妈托人从上海带回的礼物。黑色，亚光猪皮，简单的方口平跟皮鞋。这就足以让小伙伴们惊呆了。一群人围着一双鞋子相互传看，每一只脚都要伸进去尝试。过不了一个月，几乎每个女孩都有了同一种款式的猪皮鞋。穿同款的衣服和鞋袜，是那个年月的时代特色，多少新奇点儿的衣服便穿不出门——我们生活在集体主义的丛林里，它好像是一个安全的洞窟，只有不突出自己才能保护自己——换了女儿她们这一茬，再怎么喜爱的衣服，若是不小心与同事撞衫，宁可在衣橱里放烂，绝不肯再穿第二次。我们对十几元钱一双的皮鞋，爱惜的程度无须详说，黑天白日用鞋油打磨，遇到雨天，真的会光脚提了鞋子走路。那些年，一双鞋子管好几个季节，搭配所有的衣服。

戴的第一块手表是念高中那会儿，小姨夫从海南岛买回来的走私表，英纳格。它只有五分的钱币大小，银色的钢表带，煞是好看。走私表货真价实，上发条的机械表，戴好多年都不坏。看见有人，就会不停地举手看表。姥姥看见，便不屑地说，这不就是我们年轻时戴的银镯子？姥姥若是活着，肯定会惊奇不已，这几年的女孩不怎么戴手表了，许多人喜欢戴只银镯子，说是好看，又有排毒功能。

许多年后，我在香港买了一个石榴石的戒指送给小姨，是为了报答小姨夫送的那块表，它让我在少女时光，拥有了一种物质自信。小姨夫那会子在海南岛服役，低级军官，料想手头也不会有几个钱，买那样一块坤表，不知道会攥湿多少张纸币。

这些事物，之所以记得如此清晰，是因为物质的匮乏和精神的单调。生命中有几个小小的惊喜和点缀，铺陈到很长的岁月里，竟然都成了成长的记号和回忆的路标。我们城市户口的小孩儿身上，好像都有几样宝贝物件。农村户口那些孩子则很少，或者根本没有。其实在那个时代里，“阶级阵营”已经十分明显。不管多漂亮、多优秀，只要你是农村户口，仿佛就注定在田地里终老一生。改革开放后，市场把“公平”这个东西还给了我们每个人。现在很多人都在怀旧,其实那样的旧是“做旧”，不是真实的历史。

还记得有一年春节，好容易凑够两元钱的压岁钱，直接跑去商店买一个看上很久的人造革钱包。钱包上印有两棵椰子树，旁边还缀着一个又圆又黄的月亮。那是多么神奇的植物啊，那么高，那么俊秀，那么浪漫。就为这两棵树，两元钱换成一个空钱包，只享受到片刻的小资光阴，又迅速堕落成为“无产”阶级。后来，我便比照着钱包，将这两棵椰子树绣在一块白色的桌布上。妈妈看看说，你整天绣这些无用的东西干吗呢？其实我从她的语气里，看到了欣喜。估计她认为我在慢慢长成她所希望的样子，一个女人的样子吧。

再回到花事上。读高中时，我很要好的一个同学得了一件重磅真丝的短袖，淡蓝色。第一次知道有这样一种面料，纱纱的、柔柔的，那种感觉竟是让人感觉不到重量。她一个夏天就只穿那一件衣服，晚上洗了怕不干，搭在老式的电风扇上吹。有一次，不知怎的竟被风叶缠裹了进去。急慌慌地抢出来，前襟已经破了几个洞。当时她就哭了，半夜托着衣服来敲我们家的门，那情形，估计比剪掉两条黑粗的大辫子还要难过。那算是当年我所承揽的最大的工程。为了亲近那料子，当时毫不犹豫就答应了。我金贵着她的衣服，亲自跑去买来淡蓝色的丝线，比画了大半天，仍无从下手。后来还是妈妈艺高人胆大，主动帮我设计、施工。我们母女用了一个礼拜的空闲时间，愣是将这件残衣做成了精品。她再穿出去，得了许多赞许。其实当时我之所以这样卖力，是企图将这个女同学说与我哥哥做媳妇儿，但最终还是未能玉成其事。看来修补人际关系，我还是个外行。

我妈妈到今天还做刺绣的活计，每一个孙子孙女出生，她都要做一双手绣的老虎头靴子、两件肚兜。等上了幼儿园，再给绣一个书包。我把这些绣品放在微信上，博得许多赞。妈妈给我女儿和女儿的儿子的礼物，我都仔细地收着，说不准哪一天就成了艺术品。妈妈是一个干练的领导干部，退休后，才真正活成了妈妈、奶奶和外婆。这些琐碎的活计做起来，倒成了专业。网上说，这样精细的手工活儿，能预防老年痴呆。难怪八十多岁的老人家，比我们的脑子都好使。

今年夏天去开封采风，无意间参观了一所汴绣艺术学校。这个学校的校长是一个七十来岁的阿姨，她的代表作是一整幅的《清明上河图》，一针一线绣出一幅画卷。她掐着指头说，绣了整整三年。这样的民间艺术家，值得所有人敬重。

再回到衣服上。这几年旗袍又渐渐回暖,脱了西式的裙装，换件传统款的半袖长袍，暗压着神情，立刻便有了中国的古典韵致。西式的衣裙缺少个人气质，不如旗袍，能让女人远远活过自己的年龄。比如，宋美龄着旗袍时的那种东方丰韵，还有张爱玲旧照里各种旗袍的大气象，也是看得说不得，一说就走味儿。张曼玉饰演的名为《旗袍》的电影，虽然表达了不下一万种风情，却是浮面的、隔靴搔痒般的浅显。

尽管如此，但我们向传统致敬的努力，还是值得一书。经常看到寻常的家居女人，着棉质的半短格子袍，或者浅灰淡蓝的颜色，也自有小夫人的雅致。纵使是去趟菜市，素着表情，挎一个竹筐，亦很得体。传统活在民间，此言不虚。若只把它装在镜框里敬起来，岂有不死之理？

今年去苏州，一件手绣的旗袍竟然开价万元，仍是咬牙买了一件。纵使哪一天穿不得了，压在箱子底下，到了人老珠黄的年纪，偶然翻出来相看，估计也能寻到点儿“衣上泪痕和酒痕”的轻狂吧！

写下这些，是浮想了许多次，试着要给自己找一个刺绣老师，认真学习一门技艺。若是生在古代，不读书不识字，我会不会是一位出色的绣女呢？

既然秋天来了，那就坚决去买一件纯色的亚麻衬衣，而且一定要在袖口处绣一朵花，用来怀念一个时代。

衣装亦庄

前些日子开一个非关妇女的大会，但其间有许多女性参与，各种年龄、各种品位的妇女们。有人注意到魏小姐的腕子上戴了一只冰翠的镯子。一个饭局间，有好多人隔着桌子关注那只镯子，懂行的都在心中暗估，价格大约得六位数了。待脱去大衣，她的颈项上又闪出一粒镶钻的南珠，应该差不多有二十毫米吧。魏小姐已经过了四十，未婚，虽非寻常，却也不是绝色。但由这两件首饰装备，陡然让她气质升高了几个段位。再去揣摩她的神情，仿佛依然透露出少女的矜持和高贵，比衬得我们这几位整日里相夫教子、已经向生活缴械投降的妇女好像天天都被烟熏火燎似的。她的配饰使她的服饰也显得雅致，让她在整个会议期间闪闪发光，的确让人惊艳。待到次日，再从各自的房间出来，众人不约而同地换了行头，都在暗暗较劲儿，争奇斗艳。

有个名人说，女人只是女人，而男人是猪。话虽然糙了点儿，但与宝玉所谓“女人是水做的，男人是泥做的”也大体差不多。流水不腐，水做的女人就应该多扎堆儿，从彼此身上映照到自己的优长和不足。最近日子稍微有点儿松散，我也能得闲到处转转，因此有了一点儿经验——女人还应该多找些时间逛逛街，看看试衣间里放大的赘肉，在衣服和身体之间明察真相，提醒自我修身的必要。只不过三五年的工夫，有些品牌或某个款式，已将某个年龄段的女人删除。不是牌子过时了，过时的是人。

女人若是有幸成为女儿的母亲，那么母女将成为闺蜜。做母亲的会看上女儿的服饰，兴冲冲地穿在身上，却立马露了馅，完全不是那么回事儿。青葱一样的女儿哪怕蓬着头，脸也不洗不抹，T 恤、凉拖就冲到大街上去，简单到极致的装束，仍旧会收获无数艳羡的目光。这阵势，母亲只会露怯，对自己严防死守，毫不懈怠，稍微有一点点的疏忽，就堕落成大妈了。这时候，你的闺蜜女儿就会提醒你，置办几套有品质的衣裙，漂漂亮亮地出门，虽徐娘半老，当风韵犹存。

于是就摇头。于是就点头。于是就低头。

其实，真正不肯屈服到饶了自己，年龄也未必就是关键。前几年去日本、韩国，留心街上的行人。这两国的家庭主妇，去趟菜市也必将浓妆艳抹、穿戴考究。她们很少有机会出入公众场合，每天去超市采买都是一次时装走秀。窃以为，一个注重仪容的人，尤其是女人，是对公众表达一份诚意。曾经历过一次颁奖典礼，临时让几个年轻姑娘充当礼仪小姐。日常的功课瞬间暴露无遗，有的女孩脱去外套就如同轻盈的蝴蝶，飘然走上舞台；却也有两个姑娘，棉衣里面的毛衫皱巴得完全无法示人，直接穿着鸭绒棉袄上来，灯光映照得愈加愚笨。这大约就是曹雪芹笔下“上不得台面”的粗使丫头吧。可见，功夫在日常。打量一个人的服饰，虽然不是百分之百的准确，但是学识、教养、出身背景，大致是可以探得的。当然，当下的世面，不乏假冒伪劣的“贵族”，但凡有稍长一点儿的接触，仔细观其细节，便会露出底色。见过一个衣着讲究的女子，偶然与之同途差旅，其内衣尽显破旧驳杂，没有一双不带洞的袜子。再品味她，心中便遍生枝节，有了诸多遗憾。

女人到了该对自己负责的年龄，端的就是一个得体，依据自己的经济能力，总是可以让服饰合适自己身份的。过了四十岁，宁可少几套花样，也要选择两件喝茶衣装，大方示人。打扮得细致得体的女人，可以省却一半话语，以独乐乐带动众乐乐。所谓人靠衣装，绝非只是以貌取人。一个静雅得体的女人，擦肩之间，便会叫人多些敬意。

中国女人，大多是职业女性，要靠一份工作养家。这是妇女解放运动给女人带来的副产品，是福还是祸，真不好说。很多女人，在外面还是会装点自己，回到家中就极度的不周致，一件睡衣已经旧到没了颜色还在穿。地板擦得锃亮，门口的拖鞋却烂污到让人不敢涉足。常常会有同事笑谈，我老公哪看见过我化妆什么样子，他早晨出门我还穿着睡衣做早餐，他晚上回来我又换上了睡衣准备晚饭了。这难道不是男人出轨的祸端？首先你自己抛弃了自己、轻贱了自己，怎么让老公待见你？他看别的女人都是俏娇娘，自己屋里却只寻见一个邋遢的厨娘——纵使是厨娘，也该是装扮得体俏皮可爱的。厨房有厨房的活泼，卧室有卧室的妩媚。让自己的男人看到的处处是对他的上心，任凭外面的世界多花哨，他心里总还给自己的女人留着最重要的位置。

自零碎文字里，看那些旧时代的名媛，哪一个不是在装点上下足了功夫？秀外慧中，名留史册。五代时期的花蕊夫人，“刻意妆容，艳惊两朝”，先后为亡国之君后蜀孟昶和开国之君宋太祖赵匡胤两君专宠。但不要因此认为她是个花瓶，其《述国亡诗》，即使现在读来也荡气回肠，让多少男人汗颜：“君王城上竖降旗，妾在深宫那得知？十四万人齐解甲，更无一个是男儿！”据宋美龄身边人说，她至死都是要日日装扮的，几十年坚持做护肤按摩，不化妆绝不见客人。旗袍一直穿到老去，到老也依然气质高雅、仪态不凡。

古往今来，衣装与时代、与政治有着千丝万缕的联系。子曰：“微管仲，吾其被发左衽矣。”可见，服饰也有关国家民族之尊严。赵武灵王推行胡服骑射，被梁启超认为是自商周以来四千余年第一伟人。曾有一段时间，我们举国上下几乎所有的妇女都着蓝黑衣裤。改革开放以后，首先改的是衣装。终于，中国的街道上也走来了佳人。再不似我母亲那个时代，满世界木讷的脸孔、笨拙单一的袄裤，让她们的整个青春像兜在一只没有棱角的包袱里。如此说来，我们真是赶上了一个好时代。

空　巢

今年孩子从北京回来过年，要我陪她去乡下给外公烧纸。久居城市，突然看见那灰突突的天空下裸露着的黄褐色的土地，感觉时间好像静止了。幸好路上还能遇到来往的车辆，否则真的有恍若隔世之感。车子在被风扬起的尘土里孤独地穿行，我在漫无边际的荒芜里渐渐困顿。如果不是那一刻我被孩子推醒，我想我们这次旅程将是一次乏善可陈的、不会留下多少记忆的经历。

“妈妈你看，”女儿说，“树上那么多鸟巢！”

车窗外，田埂上光秃秃的树梢上露出很多鸟巢。也许是政府禁猎的缘故，鸟们比过去有了更大的生存空间，几乎每棵树上都有一个鸟巢。但我一直沿路看了很久，没看到一只鸟。可能那些为了生计四处奔波的鸟们，也像我在城市里看到的那些打工者一样，只在黄昏时才会疲惫地飞回自己的家吧。

想到这些，突然间脑子激灵一下，睡意全无了。很多意象一下子涌到我的脑海里来。这些鸟巢不就像人们的家一样吗？

也许不少的鸟巢里也都装着像我们这样的一个三口之家。

如果想象一下它们的日子，该是怎么走过来的？

故事先从两只鸟的结合开始。它们的结合也许非常平庸，在人类看来，无非是两只面目差不多的鸟的交配而已。但仔细想想，问题远没那么简单。这两只鸟遇到的问题将比人类遇到的类似问题更棘手——比如房子问题，“居者有其屋”对于鸟儿来说比人类还要急迫，而且不是应该，是必须。没有房子就不可能繁衍后代。鸟蛋只有搁在巢里才会有相对的安全。否则，即使放在空无人烟的荒漠，即使根本碰不上贪婪的人类，还有其他动物的糟蹋，还有虫子们的劫掠，这都是它们用生命换来的经验。

那么，建一栋房子就成为这对年轻夫妻的第一要务。首先它们要选址。这个工作虽然可以避开规划、城建、房管等人类必须面对的问题，但也不会十分轻松。同样地，它们要经过大量的调查研究和数据分析才能确定下来。在它们看来，处在危机四伏的生存环境里，寻找一处安全舒适的居处至少要具备以下几个条件：第一，要远远躲开人类，那是最为反复无常且凶猛异常的动物，今天他们还把你捧在手心里把玩，明天就可能煺尽你的羽毛或煎或炸或生吃了你；第二，要找那些可靠的树，这个问题更为复杂，因为人类不可靠，树的可靠性大打折扣。人们砍伐这些绿色的生灵，从不顾及有一家鸟生活在这棵树上，需要拆迁和安置的；第三，要选择具体位置，在一棵树上，最安全的部位不一定适合建房，一般情况下，房子总是建在这棵树适合建房的最高处，这样才能最大限度地避免被袭扰。

选址完成之后紧跟着就是设计。鸟巢的设计是不完全一样的，或者说是完全不一样的，真正是摸着石头过河。因为没有完全相同的两棵树，就是有两棵完全相同的树，也不会有完全相同的建筑材料，所以套用别人的设计方案是根本不可行的。那么这两只急切建造房屋的鸟，就要细心商量，建一个什么样的家和怎么样建家。我们可以想象，对于没有建屋经验的它们，这个过程是如何的繁杂和漫长。它们要一而再，再而三地去考察远亲近邻的房屋模式，征询那些长者的经验，然后还要针对自己的特殊环境，不断更新和改进别人的设计。大量的智力和体力劳动，不亚于人类设计远程弹道导弹所付出的努力。

完成了设计，只是万里长征走了第一步，接下来的问题就是下基础了。抓基层打基础，我们天天耳提面命，原因在于基础不牢，就会地动山摇。就说抗风问题吧，谁知道一个鸟巢要抗多少级风？这个问题可能已经超出了人类想象的极限，人类建造的茅草屋能抗住多大的风呢？以杜甫老先生的“卷我屋上三重茅”来算，大概有六七级的样子吧。而鸟巢是在树上，如果下面刮了六七级风，那树梢上的风力岂不在八九级以上？而且除了风本身的抽打，还有树梢摇晃带来的二次或者多次打击，对基础坚固性的要求就可想而知了。

然后是这个房子在既定的条件下要建多大，这涉及取材和下基础的位置，需要精心地计算和准确地放线。等这些一一搞定，鸟才能“着嘴”实施这一行动。它们需要到处寻找适合做基础的树枝，这项工作也异常艰难，毕竟对于建筑材料，他们没有再加工能力。

各项准备工作结束之后，终于可以动工了。一只鸟衔着一根枯枝，扇动着翅膀，像一只巨大的运输机吊着一根横梁，反复地往预定的位置摆放。另一只鸟在旁边一边观察一边指挥，力争精益求精。第一根树枝终于落地了，但鸟们丝毫也不敢懈怠，因为这根树枝孤单单地躺在那里，随时都有被风扫下去的可能。第二根树枝也被小心翼翼地架上来，直到第三根树枝放妥，它们才能松下一口气来。因为到了这个时候，它们实践了人类经过数千年摸索、还要用许多公式和演算才能确定的一个定理：三角形具有稳定性。它们欣赏着自己的作品，互相啄一下对方的羽毛表示祝贺。

接下来的日子显然轻松多了。它们结伴而行，像两个快活的工匠，一遍遍穿行在田野和森林，在欢歌笑语里愉快地劳作。劳动的间隙，它们会从一根树枝跳到另一根树枝，远远近近地打量着自己的新房，令人眩晕的幸福感不期而至。

浩大的工程是在一个平常的下午完成的，但这个平常的下午因为有了新房，因而显得格外的不平常。它们一次又一次飞翔起来，焦急地盼望着它们的邻居，也许还有它们年迈的父母，来参观新房。日落西山，暮色四合，邻居们回来了，叽叽喳喳地围着它们的新房，说着庆贺和赞美的话。它们年迈的父母躲在那些饶舌的邻居后面，无比欣慰地看着自己的孩子和它们的新家。

这两只年轻的鸟，这两只对未来充满无限期待的鸟可以开始新生活了。如果没有意外，它们完全可以与人为邻相安无事地过平常日子。但是我们谁也说不清楚，在越来越现代化的今天和明天，有多少只鸟的翅膀能阻挡住历史滚滚向前的车轮。它们更不知道今后的生活对它们意味着什么，面对越来越强大的人类和越来越脆弱的环境，可能更多的时候它们只能躲在自己的家里茫然四顾。但是，如果遇到这样的意外，比如说，它们或者它们的孩子，早上兴高采烈地出去觅食，下午突然死在一只弹弓下，或者倒在刚刚洒过农药的田野里，在家里苦苦等候的那只鸟，面对突然失去对方的打击，怎么表达忧伤？肯定不会像人类一样掩面哭泣，只能用不间断的鸣叫来呼唤和哀鸣，而这恰恰可以被我们看作是它们在愉快地歌唱。

走过鸟市，或者面对一盘红烧鹌鹑，谁会想到鸟们还有家人？

也许有一天，最后一只鸟也被捕杀。人们可能偶尔还可以看到鸟巢，但已经对那种飞翔和鸣唱失去了记忆。每次我经过北京奥运会主场馆鸟巢时，都会禁不住哀伤。人类的复制水平再高，但是在那里只能找到技术，而不是温暖。

嘘，说点儿音乐吧

对音乐的贪恋我是始终不敢招供的。原因很复杂，也许很简单。如果我们喜欢绘画或者书法，则完全可以轻易地脱口，说，我们懂书法或者绘画。因为那本来就是见仁见智的事情，好像并没有一个很好把握的标准。而唯独对音乐不可如此轻薄，懂音乐是一件很正大、很严肃的事情，在一般人看来，没有经过专业训练，不具备专业素质的人，是不能随便说懂音乐的。要么你是附庸风雅，要么你是狂妄自大。好似只有亲手解剖了几具尸体之后，你才有资格说懂得人体。

而我确实是喜欢音乐，也可直白了说是懂音乐的。我对音乐的喜爱，发生在我的童年时期，那时虽然铺天盖地都是样板戏——那也曾经是让我们如痴如醉的音乐啊——被样板化了的音乐，我依然喜欢。你想啊，全国有近十亿人都沉浸在这样的旋律里，几乎所有的人都能哼上几句。世界上没有任何音乐曾经有过这样的吸引力，哪怕它是最伟大的音乐！时过经年，现在如果在什么地方突然听到那种旋律，我都会停下来，而且很快就会沉醉到里面去，身体被一阵又一阵的激情覆盖着。那些浮面的东西都被岁月蒸发掉了，沉淀在里面的，是我们童年的记忆，就像母亲铰下来的鞋样子，扁扁地夹在发黄的岁月里，令人温暖。

我最早接触西方音乐是在我新婚不久的一个冬季里。那个时候已经有很多西方的艺术被介绍到中国来。我对录音机、磁带、轻音乐、邓丽君的歌爱不忍释。其实那时的轻音乐在国外只是非常通俗的音乐，就像现在的 POP 音乐一样，只在音乐厅外演奏。但对于打开新世界大门的我来说，无异于仙乐飘飘。我们国家级的乐团，也曾经煞有介事地在人民大会堂演奏这些东西。我和先生一起去北京出差，正赶上中央乐团演出，于是就买票去听了。那是在北京音乐厅，我第一次听到了《如歌的行板》，眼泪唰一下就出来了——幸福竟是如此简单。那时人们的需求是简单的，也是快乐的。也许正如一位前人所言，清贫和踌躇满志意味着你正在走近幸福的入口。我们满足于恣肆的泪水、煽情的呐喊和毫无顾忌的呻吟。因为，我们从漫长的、不着边际的冬季走了出来。因为，我们刚刚迎来了可以自由度过的青春期。

后来我对柴可夫斯基的偏爱完全可以说是因为这样一场演出。在此之前，我对他的了解仅限于音乐普及课本上对他粗浅的介绍。后来我专门在电视上看了他的《天鹅湖》。我们在第一幕里仓促相遇，我一下子还认不出他来，我被面前翩翩起舞的天鹅们迷惑了，她们纷乱的脚步阻碍了我。直到第二幕，他才从场景音乐里现身。起初是如梦似幻的、寻寻觅觅的，然后是如泣如诉地陈述，王子和天鹅鱼贯而出……这个满脸抑郁，随便地长着胡须的俄国人，他伟大的心灵里装满了圣洁和忧伤，他沉重的叹息以排山倒海的态势在音乐里爆发出来。他把俄罗斯民族追求正义和光明、耽于幻想而又敏感得像婴儿一样的性格表现得淋漓尽致。

“老柴”从此之后走入了我的生活，我们成了很好的朋友。几乎过不了多久，我们就会在音乐里重逢。我默默无语地伏在他的《一八一二年序曲》《悲怆交响曲》和《六月船歌》里，孤独着他的孤独，静静地流泪，静静地想着心事。

第二个被我钟情的音乐家是意大利的维瓦尔第。他是巴洛克时期的代表人物之一，而巴洛克是我最心仪的时期。巴洛克以它的艳丽、细腻和放纵而独步世界艺术领域，是我们这些喜欢幻想、渴望奇遇和富丽堂皇，有一点儿喜欢被装点的虚荣心的人的梦乡。这个出生在威尼斯的红头发的孩子，自十五岁起就进入了教堂，成为一个神职人员。宗教把他的梦想托起来并发扬光大，而他的音乐则使宗教更具有了尘世的缱绻。他的一生是令人迷惑的一生——关于他的行踪，几乎没有多少资料可以查阅，而能够找到的部分，常常令我们大惑不解。他著作等身，但他又不断地吹嘘、谎报自己作品的数量；他一生富足，但又挥霍无度，死的时候一贫如洗。他活着的时候，就没怎么被人们记住，死了之后，更不被人提起。只是在他去世近三百年后，人们才发现了这个伟大的天才——卓越的小提琴家、旷世的作曲家，他影响了包括贝多芬在内的许多音乐巨匠。

而他的作品又是紧紧地贴近我们的，我们一点儿也看不出他的骄矜和趾高气扬。他让音乐回到了人间，回到了自然里。他最伟大的作品《四季》，让我们感受到音乐离我们是如此之近，几乎进入我们的心灵。为了让我们更清楚地懂得这些曲子，他甚至为每首曲子都写了一首十四行诗，告诉我们："春天来了，小鸟唱着欢快之歌迎春。""夏日炎炎，人畜困倦，松林像受着火的煎熬。"这些看来非常幼稚的做法，却使他在音乐的圣殿里高高地立起来，成为一个真正的音乐神父。不但如此,我们还可以在这以《春》《夏》《秋》《冬》为标题的《四季》里，贴切地感受到春的欢畅、夏的炎热、秋的丰硕和冬的凛冽。他让布谷在音乐里鸣唱，让牧羊犬低吠，让暴雨和冰雹稀里哗啦地流泻。也许他觉得音乐就应该这样旗帜鲜明，这样既出人意料，又在情理之中。

我只喜欢着我喜欢的音乐，我绝不会为了任何理由而装作喜欢我不喜欢的音乐。这也许和我做人的原则一样，我不想为了所谓的品位委屈自己——我总觉得，喜欢什么样的音乐和怎么样喜欢音乐，只代表一个人的口味，而不能代表一个人的品位。有的时候，哪怕是很有名的有着数千元门票的音乐会，如果我不喜欢或我听不懂，也会拂袖而去。可能这也是我迟迟不敢告诉人家我懂音乐的一个原因吧。

姥爷的渔网

姥爷的渔网是真实的网，既不是我小说中的虚构，更不象征其他什么。从记得我姥爷起，他就一直在织网，夏天在院子里织，冬天猫在屋子里织。他不是渔民，他只是喜欢打鱼，就像有人喜欢旅游、有人喜欢赌博一样。

我姥爷不抽烟、不喝酒，唯一的喜好就是打鱼。我姥姥说："你姥爷买网线的钱都够挖个鱼塘了，养下的鱼怕得有几千斤。"我们都笑，因为谁都没见过姥爷的网打到过一条大鱼。小鱼倒是打过不少，但那不是渔网的功劳，按我舅舅的说法，拿个簸箕去河里，也能捉到这种鱼。但这丝毫也不影响他织网的热情，整天织啊织的，晴天晒网，雨天修网，与其说是他喜欢打鱼，倒不如说是喜欢他的渔网。

姥爷的渔网是真真实实的存在。从我能认出他那一天起，他就一直在织网，即使直到有一天河水干涸，有水的河流里也完全没有鱼了，他也一直在织网。可能到这个时候，我可以说姥爷的渔网的确有点儿象征的意味了。正常人的思维是，河里水都干了，织哪门子网？打鱼，毕竟是织网的一个理由。我猜测，固执的姥爷肯定是这样想的：河里还会有水，水里还会有鱼。

生活在20世纪70年代县城的居民，几乎可以用一贫如洗定义。我们更羡慕乡下的孩子，有田野、有河流、有树木、有瓜果、有狗……再穷的家庭都有条狗。我至今喜欢那种土狗，高大威猛、漂亮、灵敏异常，更重要的是忠诚，常常跟在一个或几个孩子后面，跟兄弟似的。

一整个学期，我们都小心翼翼地看着妈妈的脸色，只有她高兴了，才会给我们买一张去姥姥家度寒暑假的车票。我们下了火车，还要走很长一段公路和土路，没有电话，因此没有人知道我们的到来。而姥爷家的狗却会跑几里路接到我们，实在想不明白，它是如何知道的呢？

姥姥家有个果园，种了桃和杏，更多的还是柿子树。果园边上还有个小菜园，种的菜足够一家人吃。我对植物非常敏感，六七岁上就认识地里所有的菜和草，什么能吃什么不能吃摸得门儿清。村里的孩子都在玩耍，我一个人能割一整筐猪草，手上打了血泡，为的就是让姥姥夸一句“这闺女就是中用”。我的两个哥哥则喜欢跟着姥爷去打鱼，我有时也去。我惦记的是鱼篓里的鱼虾够不够烧一锅汤，哥哥们在意的却是那种打鱼的仪式感——姥爷每朝水面上撒一次网，不管网里有鱼没鱼，他们都能兴奋得像狗一样疯狂。除了渔网，姥爷有时还用渔叉，偶尔也能叉上一条大点儿的鱼。小哥哥为了练习投掷渔叉，胳膊肿得像棒槌一样。

快到春节的时候，正是枯水期，村子里会组织集体捕鱼。我姥爷是村支书，他招呼一声，很多人就蜂拥而去。那简直是一场盛大的狂欢，大人们在前面走，小孩子和狗在后面跟，人欢狗吠，煞是壮观。河水可真好，一个村子周围能有两三条河流环绕。在我们小小人儿的眼睛里，的确是“一条大河波浪宽，风吹稻花香两岸”。

男人们拉起十几米的渔网，将整条河拦腰截断。几个时辰后，另有一拨儿人从上游赶过来，拉着一张网朝下赶鱼。不知就里的鱼，被渔网和撼天动地的喊声追逐着往下游跑，活蹦乱跳，直到一头撞在网上，才明白已经穷途末路，于是更加吃劲儿地蹦跳起来。

两张网终于合围了。捉到的鱼可真不少，参加逮鱼的人每人能分到半脸盆。看热闹的也给一点儿，小孩子也给一点儿，狗也扔给一条。狗不吃鱼，衔在口中飞快地送回自己家。走在回家的路上，保不准也能捡上一条。

有些淘气的孩子，将几条活鱼丢进吃水的井中。我站在井边，替那些鱼着急。井里黑咕隆咚的，它们一下子看不见光亮了，还不得活活急死。反正我是怕黑的，即使睡觉，也得开着灯。

还有一次，我看到他们捉到一只鳖，大得一个脸盆都扣不住，于是就抱一个小孩儿坐脸盆上。那鳖就驮着脸盆和孩子一起跑动，到末了也没有人愿意要一只鳖，晦气，后来只好重新把它放回河里。河好像是乡里人的冰箱，想要什么，随时就能来取。

逮回去的鱼常常让女人看着发愁，农村缺食用油，而且很多人嫌鱼腥。北方人不懂吃，不知道鱼是可以清炖的。我姥爷逮了一辈子鱼，从不吃鱼，做过鱼的锅都得给他重新刷了才能用。我们吃鱼都得躲他远远的，他闻不了那腥味。他上辈子一定是和鱼有仇，这辈子就是专门回来捉拿鱼的。

乡下人，除了干农活儿，一辈子也没多少乐子。如果我写我姥爷逮鱼的时候，身后总有一个女人的影子，或者隔壁村子里有我母亲一个同父异母的兄弟，那一定是编的。几百年的村史都是靠规矩写出来的，面子比天大。我姥爷从织网到捕鱼，都是他一个人的事，不做给任何人看。他快乐着自己的快乐，满足着自己的满足。他活到九十七岁，那叫一个端正，在村子里一句闲言都没有落下。

后来，我念了中学，功课忙得昏天暗地，再没去过姥爷的村庄。20 世纪 90 年代，我们在城里的舅舅家给姥爷过生日。喝酒的时候，我哥哥问及他的渔网。姥爷只顾喝酒，也不搭理他。我舅舅说："要网干吗？老几辈都有水的村子，现在说干都干了，只有一点儿水的河也不长鱼了。"

姥爷说："要真是鱼都没有了，人活着还有啥意思？"

我舅舅说："鱼怎么会没有？前些日子不是带您钓鱼去了？鱼竿买了好几套，只是没让您撒网，您老不高兴是吧？"姥爷重重地放下筷子，说："那鱼能钓吗？满塘都是，鱼钩还没下去，鱼都跟着上来了，伸着脑袋让人捉，那能叫逮鱼吗？”

姥爷去世的时候，我跟着母亲回去了。看见他的渔网还挂在堂屋的山墙上。小时候站在姥爷的身后看他织网，觉得渔网是那么大。现在看起来，就那么松松软软的一小把，像一堆干水草。渔网下面的坠子都生锈了。突然想起来有一年冬天，小哥哥拿网坠子练准头，把邻居家的狗腿打伤了，惹得姥姥跟人家赔了半天不是。

年之下

一

下了火车走了没多远，天色便暗了下来。那暗却不是一个缓慢的过程，好像商量好了似的，天地瞬间被一块黑布蒙住。接我们的大人们便打开手电照着前面的路。走着走着，他们偶尔会朝天上照一下，一根光柱便呈扇形撑开，亮光处竟然纷纷扬扬的，像下着雪，仿佛能听到扑簌簌的落雪声。那时候还没有高压输电线路，每到傍晚，生产队会用小柴油机发一会儿电。电流通过东拉西扯的各种电线传送到千家万户。灯泡被从屋梁上吊下的一根铁丝钩着，害哮喘似的忽闪忽闪地亮着，像一只随时可能飞走的大鸟。但就是这样一点儿光，让乡里人的生活稍微有了现代感，农具、粮囤、八仙桌……都在灯光里蹲着，隐现之间好像有很多话要讲。我知道它们有很多故事，它们会将自己的故事告诉姥姥，再由她转述给我。稍晚一点儿，发电机就会熄火。晚睡的人家就点上了油灯。有人来串门儿，他们就把油灯举在自己的脸旁去开门，然后再去照亮对方的脸。在一团昏黄的光里，两张脸都笑得跟花一样。他们说着乡下人惯常而又毫无意义的话，直到临走才说明来意，大多是一些针头线脑的琐事。

我和两个哥哥跟着大人们，深一脚浅一脚地走着。我们的寒假就这样开始了。在半道上，月亮升起来了，天地又在瞬间亮了起来，万物都在晃晃荡荡地浮游，仿佛一切都被溶解在水里。那时候我就特别渴望尽快见到姥姥，她对天上的事情懂得真多。在她的故事里，“天”是我们的另一个家园，她对它的熟悉程度好像它就在邻村。关于月亮，关于星星……那故事饱满且晶莹剔透，像一只只熟透的柿子。我常常想，那么多星星，姥姥怎么会记得住它们的名字呢？那时候，姥姥就告诉我，天上一颗星对应地上一个人。我立即兴奋起来，真想知道哪一颗星星对应着我。

那时候我的野心像草一样疯长，我已经能自如地进出自己用词语搭建的世界，它连接姥姥讲述的世界，但又有很大的不同。我以自己喜欢的方式随意删改它们，从来不告诉任何人，以免他们干预我故事里的生活。

这几乎成为一个仪式：每到快过年的时候，我们就乘坐小火车到姥姥家去。那火车小得跟玩具差不多，只有五六节。后来我看电影《智取威虎山》，指着那列道具火车说：“看！我们就是坐这个回的姥姥家！”

二

那些不知道从哪儿冒出来的戏班子，每逢过年都会到各个村子演出。刚来的时候，他们悄没声儿地进村，住在村子东头自己搭建的帐篷里。

他们的到来给贫乏的乡村带来了欢乐，妇女和孩子围着他们，即使他们穿着平常人的衣服，也觉得他们不是常人。当然，他们也活在自我的世界里，对周围的人群视而不见。他们坐在马扎上，把鞋子脱下来，轻轻地磕掉沾在鞋帮上的土。有时候会突然站起来，扎着架子吼一嗓子，响遏行云。

我真的很羡慕他们。他们可以活在两个世界里，到了晚上，他们就是另外一些人了。他们一会儿是《野猪林》里面目狰狞的解差，一会儿又是《智取威虎山》里英姿飒爽的杨子荣。我喜欢《大祭桩》里大段的唱腔，虽然词听不太明白，故事也看不大懂，但那种悲伤却是真实的。唱到高潮处，台上的演员泪流满面，台下的听众也在哭泣。那时候，我把紧张得出汗的手放在姥姥的手心里，紧紧地靠着她，不知道在那个泪水涟涟的世界里，到底发生了什么。姥姥把我搂在怀里，不停地摩挲着我的背，好像我是个被吓坏的孩子。晚上她搂着我睡，给我讲起戏里的李彦贵与黄桂英，讲他们的婚约和爱情……在她的讲述里，很快我就睡着了。戏里的那个世界和姥姥口述的世界，差别是那么大。我隐隐约约觉得，她枯树般的手和苍老的容颜，是跟这个戏格格不入的，或者说，姥姥已经苍老到没有资格讲述这个温暖的故事了。但她的心里是一种什么样的情感呢？她有过爱情吗？她和我姥爷，都差不多活到一百岁。从我记事起，好像他们就是这么老，一年到头都是黑衫黑裤，外面世界不管发生什么，他们从不打听，更不会为此而大喜大悲，一直到死都是这样。

在演员换台期间，有一个年轻的乐手吹起了双簧管，竟然是一支外国的曲子，那个旋律很多很多年我都记得，但始终不知道名字。有一年，我在香港机场转机，突然听到了这支曲子，竟让我呆呆地愣了半天。我想起了姥姥，想起了乡下过年期间的戏班子。还记得姥姥去世的前一年春节，她在我们家过年，那时候姥爷刚刚去世不久。我陪着她在电视机前看戏曲节目，是我最喜欢的张火丁的《锁麟囊》。我跟她讲薛湘灵，讲赵守贞和三让椅，讲因果报应，跟我小时候在她怀里一样，她在我压抑着情感的声音里，睡着了。

三

天还没亮，姥爷就带着渔具、渔篓和渔叉，还有他的一条黄狗下河去了。姥爷一直忙到中午才回来，带回一袋子大大小小的鱼虾。他把袋子扔在院子里，就出去了。

不用打听，姥爷肯定去了他最喜欢的牲口屋，那是村庄的文化娱乐中心。屋子里混合着牛粪、草料和烟草的味道。我跟着哥哥去找过姥爷几次，第一次看着他们在牛粪堆旁边席地而坐，大为惊骇。后来慢慢也习惯了，甚至喜欢上了那种特有的味道。

我还喜欢看那些牛吃草。它们静静地咀嚼着，不时拿眼看着你，潮湿的眼睛表示它在向你示好。果真，有一次我去摸它的头，它就一动不动地闭着眼睛，支着脑袋让我抚摩。

那天姥爷中午很晚还没回来吃饭。姥姥指派我和哥哥去喊他。刚进院子，就看见一堆人围着一头牛。走近了，才发现是我摸过的那头牛，白脑门上飘着一朵黑花。

姥爷说，村里要杀几头耕不动地的老牛过年，让我们赶紧回家，不要等他。

大人们都撤得很远，只有孩子们围得很近。杀牛的屠夫是个赤红脸的矮胖子，腰里围着油腻腻的围裙，看起来倒挺和善的。他过来告诉我们，小孩子都要把手背起来，装作被捆着的样子。这样他在捆牛的时候，牛看到周围的人都被捆着，就不反抗了。

他捆牛的时候，我们都把手背在身后，牛果真一动不动。把牛捆好之后，他抄起一根长柄斧头，对着牛头小声念叨了几句什么。然后朝后退了几步，举起斧头，又一跃上前，朝牛头砍去。牛没蒙脸，拿眼睛直直地瞪着他。斧头砸在头上被弹了起来，它不但不扭头躲避，反而梗着脖子往上顶。

第二斧头又砍了下去。

牛终于倒在血泊里。大哥哭出了声,二哥也在偷偷抹眼泪。

姥爷看了看我们，不让我们再继续看下去了。他拉着我的手，带着我们往家走。路上谁也没说什么。过年分到的牛肉，姥姥用盐腌了，煮成酱牛肉。两个哥哥坚决不吃。

过完年，我带了一大块回家，撕成一条一条的，放在书包里，跟同学显摆我见过的世面。二哥用朱砂画了一个大大的牛头，眼里还流着泪，贴在我的床头，跟我的奖状粘在一起。我向妈妈告状，妈妈就把它撕下来扔掉了。过了不久，两个哥哥也开始吃妈妈做的牛肉了。

我的父亲母亲

对于父母的婚事，我们做孩子的总不能指指点点。虽然后来能发表一些议论，但那已经远离了事件的中心，而且年代的确是有点儿太久远了。我们是用倒算账的方法来推测父母婚姻的，这容易造成信号失真，况且不管怎么讲，对父母都是大不敬的，也是不公平的。离开事情的背景去静态地分析它，会掩盖或歪曲历史原来的面目，使本来就很混浊的事实，变得更加扑朔迷离。

但历史确实值得并需要回味和品尝，尤其是像父母这样革命者的历史。倒不是因为他们作为胜利者置身在成功的光环里而值得追忆，而是自始至终他们对自己的生活都糊糊涂涂地明白着，一直到现在——直到我父亲去世，母亲孤身一人——这的确让我饶有兴趣。

如果只用“革命”这个词把父母拉扯在一起，显然是简单和粗暴的。但事情的确如此，是因为革命，他们才走到了一起。

父亲认识母亲的时候，她才刚刚走出校门。对红色事业的追随让她站在了父亲身后，身影单薄而坚定。神圣的光芒穿透她纯洁的心灵，让她有了持久而轻微的震颤。虽然他们都正值谈情说爱的年龄，但几乎没人关注这个问题，好像革命者都没有青春期。个人感情被搁置起来，那些偶然发生的青春骚动对自身的影响几乎可以忽略不计，或者被作为低级趣味排除掉。那时百废待兴，爱情作为奢侈品从大众的生活里被流放了，生活因此而单纯起来，或许更加复杂。

是啊，革命伟人教导的“革命不是请客吃饭，不是做文章，不是绘画绣花，不能那样雅致，那样从容不迫，文质彬彬，那样温良恭俭让”，天天就携带在他们的公文包里，除了“革命”，他们不知道生活还有什么意义——直到有一天，他们突然与婚姻短兵相接。

他们的婚姻是被他们共同的首长，也就是后来的县委书记牵线的，当然这是我们现代的眼光，在当时这也是一项政治任务。那是一个平常的月夜，平静而温婉的月光，也许让首长想到了自己的家乡和远在千里之外的妻儿。他动情地回头看着身后的两个年轻人，然后有力地挥舞着手臂，斩钉截铁地说:“你们处处吧！”

这是他们那个时代非常普遍的婚姻模式。不仅结婚如此，离婚也是如此斩钉截铁。强烈的时代特征，赋予婚姻极强的筋骨。先结婚后恋爱或先结婚后认识，都是不足为奇的。他们来自五湖四海，为了一个共同的革命目标，走到一起来了。是革命把他们召唤到一起来的，那么，革命就是他们的红娘。

那时候，婚姻好像是一个人一生的定型剂。一旦沉入里面，自己几十年的生活就会被反复复制。父母结婚之后，虽都仍沉浸在工作里,但生活更加白热化了。日子单调而充满激情，一个又一个孩子的到来，母亲更加坚定地站在父亲的身后，有时也站在他的前面。

他们首先成为同志，然后成为夫妻，后来才成为伙伴。他们忽略掉了谈情说爱的时间，对今后几十年相濡以沫的日子而言，这是至关重要的考验。一个革命者如果不是被自己打败，总是会认为真理在握，因而更具有生活的韧性。父母就是这样的人。他们从来没抱怨过什么，也没企求过什么，他们认为生活本来就是这个样子。

在那些饥馑的年代里，母亲用稚嫩的肩头扛起了这个家，她咬着牙自己支撑了过来，从来没有让父亲为生计而担忧。始终起早贪黑的父亲，总是把背影留给我们。有时候我们想起他会很模糊，只是一个指代和象征。

他们那一代人的生活，贫乏得一句话都可以说完，但是又丰富得像一条饱满的河流。也许可以说他们基本上没过过好日子，也可以说，好日子都让他们过完了。他们没有犹豫和彷徨过，他们习惯于服从和忍耐，但又会用热情锻造每一天。他们不会为一段虚无的感情而痛不欲生，更不会为彼此的忠诚而提心吊胆。有时候，他们会静静地坐在一起，半天都不会说一句话。他们不是无话可说，他们每一个细小的动作都是丰富的语言。他们都太了解对方了，因为从他们结婚的那一天起，彼此都活在对方的生命里。

定制幸福

每到春节，好像总得说点儿什么才算结局。实际上，靠码字为生的人和引车卖浆之流，本质上也没多大差别；如果有，也无非是人家盘点财货，我们盘点心情。当下，这心情越来越禁不住掂量，尤其是到了年关，总是有一股挥之不去的失落感。结婚成家之后，很多年都是如此，那种失落说不清楚是为什么。父亲还在时，他会带着全家人回老家一趟。站在祖父母的坟前，他总是提醒我们说，这里是我们的老家、我们的根。那个偏僻的地方，虽然我一次次地走进它，但感觉依然陌生，甚至认为回去是额外的负担。随着父亲故去，那里逐渐淡出了我的生活。我既非生于斯，也非长于斯，凭什么它就该是我的故乡呢？可话又说回来，如果这里不是故乡，我的故乡又会是哪里？所以，每到过年，听着周围一片回家看看的声音，心里越发没底了。

我生孩子的时候，公公婆婆非让我回老家去不可。那时我公公还是一家乡镇医院的院长，估计是觉得回去一切事情都好办。当时我的胆子也忒大，什么都没想就回去了。后来再回想起来，总是会惊出一身冷汗。那个地方没电，也没有一个科班出身的妇产科医生，万一难产，后果不堪设想。可老公不这么看，他觉得老家最安全，不会出任何意外。那时候交通不便，几乎每个月他都要回老家看看。逢年过节还非得让我和女儿跟着他转几趟公交车跑回去。晚上，他会带着我们到村子南头的一条河边赏月。月光确实很美，但我心里清楚，如果不时时刻刻注意脚下，很可能会走到路边的粪坑里。

这样的故乡，依然常常唤起我们的思念之情。我们心里的故乡，天肯定是最蓝的，水肯定是最清的，人肯定是最淳朴善良的。但如果刻意去寻找，也会如《桃花源记》里的武陵太守一样，“寻向所志，遂迷，不复得路”。在张爱玲小说《半生缘》里，曼桢对几十年前的旧爱说：“世钧，我们再也回不去了。”回不去了，再也回不去了。

随着城市化的加速，“乡愁”正在成为一个越来越宏大的叙事，进入我们的生活。它成了现代的反面，好像城市化是一场意料之外的洪流和灾难，如果我们不紧紧拉住某些传统的东西，就会被这个洪流裹挟而去。在我们密集的话语扫射之下，城市逐渐成为这样一个怪物：它是钢筋水泥的丛林，它让我们越来越稀薄的人情味几近消失，它以非人格化的冷漠在同人类争夺最后的温存。总之，它是罪恶之都，也是罪恶之源。大部分人，尤其是在城市待得最久、对城市最依赖的人，每当被淹没在汹涌的人流里时，身份的焦虑就更明显，乡愁也就更浓烈。

真的说不清楚人们是经过怎样的挣扎才慢慢喜欢上城市的。那是一点一滴的积累，也是日久生情的功课。细细想来，如果把城市比喻成一个有生命的存在，它竟是那样的善解人意。风雨交加的夜里，如果你想出发，快捷的交通工具会让你准时到达你想去的地方；从外地出差回来，大老远你就能闻见自家楼下的老咖啡馆里飘出的浓香；上班的路上新开了一家小吃店，会让你莫名其妙地高兴半天，好像那是专门为你而开；邻居间虽然鲜有往来，但也少了很多家长里短、流言蜚语……我还记得有一次一个外地朋友来看我，我们一起出去吃饭。到了一个路口，司机正犹豫着要不要拐弯，后面的一辆面包车撞了上来。我的脖子被狠狠地闪了一下，疼得钻心。朋友也闪得不轻，龇牙咧嘴地揉着脖子。我们把车停住，面包车司机赶过来向我们道歉，羞愧得像一个做错事的孩子。但是，真奇怪，撞那么狠，两辆车子竟然都没有大碍。双方于是相视而笑，各自开车走了。

在劫后余生般的眩晕里，我突然被一种巨大的感动包围。我被自己——不，是被我们几个——深深地感动了。我知道，不管车子有没有撞坏，我们三个——我、朋友和面包车司机，都会用恰当的方式来处理这个问题。如果不是损坏太大，都会若无其事地把肇事车放走。那时候我就想，车外面这个巨大的城市，这个让我像漂浮在汪洋大海之中的城市，这个有着庞大人口的城市，不正是靠着这样的宽容、谦让和理解黏合在一起的吗？每个人的性格共同组成了城市性格，每个人的品位共同组成了城市品位。在它看似无情的表情之下，却是被一种清晰得可以划分出边界的情感维系着。你的痛哭或者大笑，都仅仅是一个私人事件，会被城市理解和包容，用不着担心冒犯任何人。在这个自由的天地里，你能找到自己的位置，也能看清楚别人的。而与乡情比起来，你会觉得生活是如此轻松自在——从某种意义上说，乡情是一种债务。别人对你的一次小小的帮助，你都得记住并认真偿还，否则就是忘恩负义；即使人家不追讨，这笔账你也一定会在心里记一辈子。

在城里，你的幸福可以期待，可以存起来，也可以一笔一笔计算出来。你可以定制，也可以反复修改——你到某年某月退休，然后就可以跟着儿女生活，帮他们做饭、看孩子，每天晚上一大家子人聚在一起谈笑风生。冬天到海南租一套房子住下来，把冰天雪地撇给北方；夏天你又来到了哈尔滨，每天在太阳岛上坐一会儿。即使不能这样迁徙，你也永远不会为天气发愁，一个小小的遥控器就可以帮你变换四季。不管在任何地方你都没什么可担心的，即使颗粒无收，也不会耽误你每月的退休金到账。在旅游途中你只关心风景，你的意外伤害保险就在抽屉里放着。每年都有人按时通知你，什么时候体检，什么时候发福利。身体有点儿什么毛病也不打紧，可以选择自己认可的医院。总之，你可以从容面对自己的人生。

在故乡，这样的日子有一天也会到来。但是，你一定要相信，那故乡会变成一个微缩的城市。你离不开电视、手机、网络。你不能把自己撇在世界之外。就是到终南山隐居，你也得带上方便面、笔记本电脑和卫生纸。而你能够实现这一切，也是因为你在城市赚了足够的钱，至少在城市你还留下一条退路——你知道，你想退却的时候，只要回到了城市，转过那些熟悉的街角，就会有新的发现，新的机会——工作、生意，抑或一场轰轰烈烈的恋爱。

关于蛇年的记忆及其他

在很多年里，我都不知道自己属蛇，其实是不知道有“蛇”这个属相。我小时候，正是“破四旧，立四新”的年代，父母们很少使用旧历；我和哥哥有时候跟着姥姥、有时候跟着奶奶生活，她们根本没有说过蛇年或蛇这个属相——在她们嘴里，只有一个“小龙”，我于是知道自己是属小龙的。

蛇这个小东西，在中国文化里很少有讨喜的意味：与人有隙气不过，是男的便骂人“蛇蝎心肠”，女的则落个“美女蛇”称谓；天气不顺年景差，就责怪龙蛇之孽；遇到伪君子，常以佛口蛇心相赠。

在西方文化里，蛇更没落什么好——虽然它是智慧的象征，可是对亚当、夏娃的引诱，让所有人从出生起就带着原罪。估计这让很多人想不通，莫非血统论起源于《圣经》？如此说来，这耶稣的赎罪，跟拿人钱财替人消灾的江湖术士，并没有太大的区别。

不过蛇也有辉煌的时候——“刘邦斩白蛇起义”，刀下之鬼竟然是白帝之子。幸亏刘天子也是“太子党”——他是赤帝之子，否则事情会闹得不可收拾。据说，很多权杖（包括现在外交使节的权杖）上都雕着蛇，因为它是最高权力的象征。看来蛇也手眼通天，黑白两道通吃，横竖我们都得罪不起。

说远了。

小时候放假去姥姥家，姥爷带着我的俩哥哥为生产队看过瓜园。他们在地头搭一个三角形的小棚子，白天晚上都住在那里。哥哥们常常带着我去给姥爷送饭。吃完饭，姥爷就坐在地铺上给我们讲故事。有时候会讲到蛇，如果是故事里的蛇，已经跟人没什么区别了，会走路、说话，也会爱——他说的是喜欢。青蛇、白蛇、老法海和许仙的故事，我就是那时候听到的。如果是现实中的蛇，则要凶险很多。姥爷说，蛇都是走弯路的，如果你带个竹竿，它就会很怕，远远地躲开你，因为它爬到竹竿上脊梁骨会撑断。还有，姥爷告诉我的哥哥们，游泳的时候遇到蛇，“那是水上漂，你只要别看它，它就不理你”——好像蛇也跟人一样，只要不惹它，它就不会找你的碴儿。

有一次，姥爷用竹竿挑起一片瓜叶，让我们看盘在田垄上的一条小青蛇。那蛇非常干净，干净得让人浑身发冷，可能“冷血动物”这个词，就是从这儿来的吧。它一会儿把头搁在身体上，好像我们上课时那个懒洋洋的样子；一会儿抬起头来摇摇晃晃地东张西望，像喝醉了一样，不知道它有没有看清楚我们。它的眼睑像抹着一层淡绯色的眼影，眼皮眨都不眨一下，身子没动，也没有惊慌。看完之后，姥爷顺手摘了一个西瓜，到了棚子里切开，那瓜皮看起来竟然跟一条条蛇一样，让我的脊梁骨发冷。“过去啊……”姥爷的故事总是这样开头，然后会停很大一阵子，等着我们慢慢起急，让他的故事充满戏剧的张力，“我爷爷的爷爷，有一天在地上铺了个席子睡午觉，睡起来掀开席子一看……”

我赶紧爬起来，觉得屁股底下的席子非常靠不住。

说起戏曲《白蛇传》，最喜欢的还是张火丁演的那一出，我是 2005 年在现场看的。且不说唱腔余音绕梁，就是白娘子的一颦一笑，都是活脱脱的。不过总的说来，我喜欢张火丁胜于喜欢白娘子——人间事已经够烦忧的了，她又何必来插这一杠子，惹出一大笔孽债？后来我去河南安阳搞调研，人家告诉我说，《白蛇传》的传说源自当地的金山徐家沟村，到了南宋宋室南迁时，被人带到了苏杭一带，才改编成戏曲。此说未必可靠，也未必牵强。我记得我在河南的汝南挂职管文化的副县长期间，曾邀请中国民间文艺家协会的专家们，把“梁祝之乡”的大匾，挂在了该县梁祝镇——人家梁、祝、马三家的坟苑，还都好好地在那里保存着，专家们即使有疑问也说不上嘴啊！

其实，既然是传说，就用不着那么较真，只要能为中国的文化大餐添堆儿，又“何必辨襄阳南阳”呢？

只是有时候，仔细揣摩一下白素贞的“简历”，常常会有世事无常之慨，也会有“千里姻缘一线牵”之叹：

素贞我本不是凡间女，
妻本是峨眉山一蛇仙。
都只为思凡把山下，
与青儿来到了西湖边。

爱情这东西，不管是在西湖、峨眉山还是徐家沟，你只要给它点儿阳光，再怎么着它都会灿烂——这可不是传说。

第二辑

遇见

一只怀旧的候鸟

一冬无雪，心绪翩然。怀旧如一剂解药，在疼痛中给予宽慰。

突然喜欢起写作，与我的怀旧情绪有直接关系，而我的怀旧情绪好像是与生俱来的。说到底，我是个喜欢往后看的悲观者。我记得打从少年时期我就开始怀旧——怀念我的童年时代，怀念外婆浆得发白的衣衫，怀念田野里被暑气蒸腾起来的那种青草味，蜻蜓贴着河面飞，隔岸的柿子红红的在那里招摇……到青年时期，我又开始怀念少年时代——此生第一双带贴花的棉皮鞋，坐在窗前静静等待的黄昏，一个让自己莫名其妙只想静静地哭一场的眼神……现在我又开始怀念青年时代，好像就只是打个盹儿的工夫，“青年时代”就划过去了——那些苍白的誓言，涂满空洞口号的日记，令人扼腕叹息的梦想，倏忽之间就闪过了……我变成了一个冷静的、会旁观和缄默的人，像熟透的果实，平常而又沉甸甸地挂在那里。

而且我的怀旧情绪是随着季节变化而变化的。春天的时候我容易骚动，喜欢回忆起我的初恋，喜欢写在作业本背面的那些躲躲闪闪的文字，爱情被淹没在大段大段的流行歌曲或名人名言的片段里。窗外的叶子绿着，窗内的心情也一直绿了过去。手被另一只手拉起来，天空蓝了，唱歌的声音忽然小起来。冬天到了，早上起来才发现厚厚的白雪忽然又围住了家门口，好像去了又来的燕子。想起去年哥哥们堆的雪人，在太阳底下一点儿一点儿融化。融化的还有我的心情，像一条小溪，在冰雪下愈流愈远。秋天的时候我喜欢独自坐在阳台上，听一支老曲子，想起早该回复的一封信，让心事汪洋恣肆地泛滥，像失了线的风筝上下翻飞。而夏天常常蜷缩在外婆家的柿子树下，做着白日梦。河水在你的记忆之外叮咚地响着，风顽皮地刮过去又刮过来，周围草地上的花在忽视里全开了……

怀旧好像是我们这一代人，甚至还包括上一代人的集体症候。我们这一代人，生活在历史变迁的接壤处。相对于老一代人，我们没有那么多的苦难和阴影，我们不曾在死亡线上挣扎过，我们出生或者记事的时候，历史已经走出了长长的隧道，人们已经可以在阳光下大声地说笑了。而相对于新生代，我们又缺少了很多的轻松——他们是没有历史也没有未来的一代，历史在他们眼里已经变成了一个可以任意打扮和拼贴的可有可无的人了。而未来，就像握在手里的鼠标，他们肆无忌惮地打开一个又一个窗口，然后又粗暴地关掉。一切都是随意的、不着痕迹和不负责任的。

忘记历史并不一定意味着背叛，但是失去了怀旧就有可能抛弃善良。古人能够一日三省，而我们所能做的仅仅就是记住让我们感动的那一瞬间，并重新被感动。是的，也许保留着这份怀旧和感恩的心情，我们就会发现，已经渐渐沉睡的心灵，竟是如此容易被颠覆。我以为我已经老了，已经不会激动了，可是折叠在岁月深层里的记忆，还是禁不住风吹草动。也许我就是栖息在枝头的一只候鸟，在季风来临的季节闻风而动，贴着潮湿的记忆之地低飞。那留在纸上的点点滴滴，就是我匆忙印在大地上忧伤的影子。

南方的春天

尽管院子里的蜡梅依然艳黄，可是春天毕竟来了。今天又是立春。

“又是”这个词在这里用起来，委实有点儿伤感。其实，春天才是真正伤感的季节——毕竟对大多数人来说，春天只是一个象征或一个伤心的判断。我们的欢乐只存在于等待春天的过程中——很多事情我们无法决断或无法判断时，总是寄希望于春天的到来。“春天就要来了，在春天什么事情不会发生啊？”我们这样安慰自己，渐渐被春天所感染、被自己所感动。而在春天里，我们忽然找不到自己了，晚上在期待里失眠，早上在失望里不愿意睁开眼睛。今天的世界还是昨天那个烦扰的世界，等我们镇定下来看清楚自己的时候，春天又过去了。

在春天，什么都没有发生——该发生不该发生的都没有发生。我们唏嘘着、感叹着、苦笑着放走了春天，在麻木之后重新期待。

想起一个朋友写的一首诗：

我们听着外面吱吱嘎嘎在下雪
你说，又是一个春天
是啊是啊，又是一个春天
我听着你说又是一个春天的时候
我真的想哭，因为
又是一个春天啊

今年，在北方，却突然怀念起南方的春天来。

南方的春天来得鲁莽而执拗。当然它也是先从风开始。那风不管不顾地围绕着你、轻轻地蹭着你，像个跑倦了的孩子，顽皮而又执着。如果没有凉气升起来，那就可以肯定是春天来了。你往两边看，忽然发现草根都绿了，整个河堤顺着你的视线一直绿了过去。冬天瘦弱得快要断气的河流，也开始丰满起来，跳跃着、喧嚣着，在逆光里不安分得让人的内心致命地纷乱。那个时候你肯定会停下来，专注而茫然地看着春天的原野，想象着一段心事，在自己的泪光里眩晕。

我深深地陷落在南方的春天里，因为有大片的油菜花，黄得洁净而坚定。还有一种叫紫云英的花，小而热烈。两种花开在一起，让思想有了不同的颜色。但那不同的颜色却互相距离着，不肯合并，像大段大段叙述之后的停顿，让情绪在不同的色彩里起伏跳跃。是的，南方的春天就像是一次忘情的阅读，让人沉迷于新鲜的细节和起伏的故事里。金银花开在大山的阳坡上，而它的背面是灿烂的映山红。挺拔得没有节制的竹子，一年四季都绿得没完没了的茶树，都让这里的春天充满了描写的张力。

水是这部作品的序和跋，堤埂上结满青草的池塘，静静地仰卧在那里，回应着蓝天和一只鹭鸟。纵横交错的河流，像一个个温暖的怀抱；一条岸高，一条岸低，很容易让人想起一篇叫《河的第三条岸》的小说来。每条河都没有第三条岸，每条河都有第三条岸，有和没有，都在我们的心里心外。过去说起经年不变的爱情，总是喜欢用地老天荒来表示。其实只有坐在春天的河边，一只脚插在水里，一只脚插在沾满了泥土的鞋子里，你才会酝酿那些暖老温贫的生活。

南方的春天是让人用来怀念的。它青葱的面容，开着朴素的花朵，却是一场精致的盛宴，贴着敏感而高贵的心灵。它丰富的内涵带着怀念的味道和梦想的光泽。南方的春天，不能用欢喜来品味，只能用陶醉——那是一种深度的幸福和孤独。如果没有这样的姿态，你永远不会遇到南方的春天。

在　远　方

一

我从未经历过那么漫长的等待，天一直不亮。

从中国的北京到德国的法兰克福，需要十二个小时。飞机下午两点钟起飞，本应夜间两点钟到达，可我是依照着北京时间计算，到了法兰克福就要扣除六个小时的时差。究竟是怎么个差，我这等糊涂的脑袋至今仍然糊涂着，没有人给我解释。但自北京两点钟起飞，飞行十二个小时后，是法兰克福时间晚上八点钟。这是铁的事实，我必须得接受。

晚上八点钟，看到的是法兰克福的夜。灯光不如北京的绚丽，更不要说上海。低矮稀疏的楼房蹲在路两边，像沉默的史前动物。

车把一群茫然的中国作家拉到位于郊区的假日酒店。全世界的假日酒店似乎都在城市的郊区，纽约是，巴黎也是。唯有中国的许多城市中心，常常出现这一朵花的标志。房间是提前安排好的。没有晚饭（飞机上已经提供晚餐），我们只需要拿卡去睡觉。我固执着不肯改变手机上的时间，领队告诉我们明天七点叫早，八点吃早餐。明天的七点是北京时间的几点呢？困倦到已经懒得去想任何事，手机显示时间是夜间四点，我倒头睡下，被困乏深埋。睡到九点钟醒来，窗外还完全黑暗着，可是依照生物钟，我已经需要如厕，然后刷牙洗脸，然后享受一顿营养丰富的早餐。我做完了前半段的所有事情，天仍然黑着。直到这时，我才开始严肃地算计起时间，用我的时间往后推六个小时。天哪，我饥饿的胃要想在法兰克福的八点钟得到安抚，必须要等到“我”的时间下午两点！

漂在无边的黑夜里，时间阔绰得让人心虚，我从未经历过这样的等待。

天终于亮了，是几十年都不曾见过的透明。空气清新而冷冽，也许是久等生幻，仿佛回到孩童，是除夕的早晨，那种欢喜如同新生。

法兰克福的早晨是一场色彩的盛宴，如打开一幅新鲜的油画。天气晴朗，阔大的天空是用湖蓝打了底子，云是额外用柔软的棉安置上去的，好看得就像是云。与底色隔着距离，悬在蓝之上，透过云朵，依然可以看到底子的蓝。云朵儿一会儿就散了，或者飘到另一处。这样的飘逸俊美，不是云又能是什么呢？

我给女儿发了条彩信说：我这边的天空好美啊！

女儿回复：然后呢？

然后就是树。

我从没见过那么多的树，那么多的大树，那么大的树林，那么多的大树林。附近没有别的房屋,大树林环绕着假日酒店，假日酒店依偎着树林，像一对永远也不起争执的玩伴。这样的景致让人疑惑，在电影里我们偶尔相遇。温度已经寒到叫人瑟缩，树叶仍然在颐养天年，洋红、杏黄、碧绿，而且大多的树上挂着紫红的浆果，晶莹剔透。还有历经千百年的橡树，树下掉落着熟透的橡子。

然后呢?

然后在一大片空地中央，有一棵或两棵单独的树。同伴们说，树冠下面可以摆十桌酒席。

然后呢?

然后我们几个人顺着林间的道路，走过一个飘着浓香的咖啡屋。然后我们走进一个房车服务区。一片偌大的园子，有数百年的古树，有人工种植的鲜花和草地，还有一个老妇人在收拾她的蔬菜。菜的颜色非常鲜艳，叫不出名称。我们想走过去拍照，一条漂亮的大肥狗突然站立起来。那老妇人善意地笑着，我们却不敢走到近前去。

有几百辆房车，像是对外来者进行一场奢华的展示，有的是夜泊，有的则是长期停靠在那里。车子的周围有低矮的栅栏，栅栏上缠绕着旺盛的植物。栅栏里有生活用具，还有昨夜洗过的衣服。不知道里面的人是租住，还是以车为家。男士们深感惊叹。他们欣喜这种游动的生活方式，充满着自由和暧昧的想象。这样的物质生活在中国大概还不行，就算买得起房车，总不能夜间就把车停在大马路上吧，不安全是次要，主要问题是排污、清洗、加油、加水。在德国，这样的服务中心体贴入微，哪怕是临时停泊，停车位的环境也像是一个安全舒适的家。

感叹德国的汽车之兴盛，还感叹他们能把车停在天堂里。

二

我们到法兰克福是参加一年一度的图书展示，今年中国是书展的主宾国。中共中央总书记、国家主席习近平来参加书展开幕式，中国作协主席铁凝率一百位作家参加。德国的报纸把这次大型文化活动称之为“文化侵略”。其实“侵略者”正低首下心，怀揣着对海涅、歌德、尼采、海德格尔、康德、马克斯·韦伯等思想巨擘高山仰止般的崇拜。

下午三点多的会议，车两点多钟还拉着我们在到处寻找会址。没有标志、没有警戒，只有不时出现的书展广告牌，上面有“中国纸”之类的内容。

半个小时之后，开幕式就要开始了，我们还正在被一个不识途的司机载着寻找入口。没有欢迎的人群,没有列队的警察。道路上的行人，笃定地走着他们的路。

我注意到法兰克福的街道两旁，现代建筑掺着弥漫着浓重历史痕迹的古建筑并肩而立，时空交错，令人百感交集。树木和建筑融为一体，没有整齐划一的痕迹。我看到一棵幼苗在街心的草地上，被三根木棍保护着。想象是一颗种子飘来，它喜欢，就在这个地方生了根，然后是它的喜欢被人类喜欢和保护。不远处是一棵大树，看起来有数百年的树龄。这“一老一少”相得益彰，年老的已“廓尔忘言”，年少的则“跃跃欲试”。在德国能看到许多这样的景象，大树和小树参差不齐，却又觉得格外和谐。宾馆门前的空地上有时只种植一棵芦草，芦花孤芳自赏地开着，像行为艺术家。

我们还正在会场寻找位置的时候，德国总理默克尔已经偕同中共中央总书记、国家主席习近平由公共通道平静地入场。只有四个警察分别立在四个通道上。人顷刻之间安静下来，静得透着庄严，仿佛是一种生长在骨子里的礼貌。这个国家到处浸淫着这种良好的秩序。

铁凝代表中国作家讲话，她的演讲非常漂亮。她是可以代表东方美的，内敛而厚实、激情而智慧。接着是作家莫言，普通话不是很标准，却自有东方那种混沌的力量感。他说他的奶奶曾经告诉他，德国人是没有膝盖骨的，推倒了就站不起来，而且德国人生下来舌头是两半的，否则说不出那种奇怪的语言。他不清楚德国人的祖先把中国人想象成什么样子。他看过一幅西洋画，中国人生活在树上，脑袋上扎着小辫子。莫言先生要表达的意思是，中德文化需要交流。德国人喜欢这个不甚英俊的中国作家，他的小说同名电影《红高粱》在这个国家播放且收获甚丰。

那一天的冷餐会吃得非常“冷”，仓促得像是一次匆忙的排练。冰凉的饮料更让人觉得寒气逼人。

晚上我们看了一场上海交响乐团的演出。演出开始之前，我们在休息厅吃东西。一位作家看了节目单说，其实这场演出只有郎朗的钢琴是值得中国人享受的，看别的纯属捧场。同桌一位不相识的中国姑娘突然失笑，再看节目单上的照片，方知是今晚吹长笛的那位。我们也笑了。姑娘那晚的长笛吹得很不错，德国人很赏识，中国人很赏心。郎朗是一个帅气的小伙儿。德国人不知道许多中国作家，但知道郎朗。这次掌声异常热烈，德国人的音乐素养不用说。郎朗返了两次场。我要不是作家，肯定要做一个音乐家——音乐真让人羡慕，它是最好的外交语言，而且不需要翻译。

三

在德国，一定要坐汽车，一定要在高速公路上行走。在高速上行走的每一秒钟，变换的景色都会是油画般让人目不暇接。可以闭上眼睛拿相机拍，按一下快门就是一幅画，丝毫都不夸张。那些陆续展现的森林优雅俊秀，青、绿、黄、红……五光十色。哪怕你头发都斑白了，仍然可以像孩子一样尖叫，不会有人责备你大惊小怪。德国最让人感佩的，不是汽车，不是发达的工业，而是这面积广大的古老森林。这不仅仅是靠国家的经济实力得以实现的，这些树是古老文明的根。

若是有可能，就到沿途的小镇上看一看。可以是任意的一个小镇，其漂亮程度相当于北京的高档社区。童话一样的建筑，每座小房子的门前都有草地，草地上停着各式各样的车。镇上的农民不像是农民，是比城里人更安适的乡村绅士。那位四十多岁的农民，戴着金丝眼镜，坐在葡萄架下读小说，身上堆积着一大片阳光。他点头致意，听不懂我们说什么，但大致能从我们的眼睛里读出欣赏。小镇上有旅馆，有图书馆，有设施完备的乡村医院。街道上到处都生长着古老的树，树冠华茂，树的年龄也许和镇子的历史一样悠长。我问成长在农村的评论家孙荪老师，中国的村庄为什么没有这样的树？孙荪老师说："有。小的时候，村庄的每一条街道都有大树，是爷爷的爷爷们栽下的，老得都成了精。男人们在树下吃饭，女人在树下做针线，小孩子们在树上树下嬉戏。"生于20世纪50年代的诗人马新朝说，他记忆中，乡村已经没有树了，他们村子两千多口人，只剩一棵很老的桃树。每年桃子成熟的日子，全村的小孩儿都兴奋得无法入睡。我的印象里，中国农村的树后来都栽在自家的院子里，现在统一规划的乡村连院子都省了。中国的城市现在也在注重绿化，投巨资购买树木，但是在新建的城市中，几乎找不到什么大树。从城市到乡村都难找到古树，我们仿佛丢失了历史。

田野里到处是一片片的森林，林地与林地之间有农人种植的庄稼，田地像是被梳子梳过一样整洁漂亮，更像是森林公园。始终没有见到一个农人，地头儿堆放着几个包装整齐漂亮，统一尺码的大圆盘一样的东西。导游说，那是收获后的秸秆，用机器打包，有合适的用途就直接拉走。在德国的田地里，根本看不到任何农业垃圾。

中国的农民，看到自己的新农村很兴奋，围着新房笑得满脸开花，但他们的笑容不是被文化砌起来的，里面满是砂眼。若是想让我们的农民兄弟到葡萄架下喝下午茶、读小说，恐怕不仅仅需要教书、写书和印书的同志共同努力吧？

一位中国的老人说，社会主义初级阶段至少需要一百年。在德国溜达一圈，我信了。

车在高速公路上行驶，几个小时很快就过去了——因为你一点儿也不会感觉疲乏。近处的天空很高，远处的天空很低，云朵一直低到地平线去。你会有一种真实的错觉，再踩一脚油门，就飞到天边了。那样的一种开阔，天高云淡，依稀在童年的田野里见过。

还有鸟，数百只的庞大鸟群飞在云之下，飞在云之上。有队列的是大雁，一会儿排成“人”字，一会儿排成“一”字，能清晰地看到头雁与后面的雁换岗的情形。我曾经对女儿讲过我们小时候，孩子看到雁群都会大声喊叫：“大雁大雁排成队，大雁大雁排成行……”女儿说：“什么样的雁啊？你们傻不傻啊？”女儿的头顶从没飞过雁，她当然找不到我们儿时的那种兴奋。她现在已经二十岁了，也去过好几个国家，想来她不会关注这些。今后我一定要提醒她看看天空中有没有雁队，一个天空中飞满雁队的国家是值得尊重的。因为这些追着太阳生存的精灵，它们的飞行高度可以超越喜马拉雅山脉。

四

德国的莱比锡是郑州的友好城市，我们这次德国之行还肩负着与友城进行文化交流的任务。我们领队有点儿看不起这个小地方，以为是类似我们省辖市的小城。后来我们挂在嘴边的一句话是，只有去了莱比锡，才会明白什么叫不遗憾。这座城市是温情的，宁静祥和，民众的脸上都挂着甜美，步子迈得不疾不徐。城市人口四十来万，城区面积却有我们两个甚至三个中等城市大。漫步莱比锡的市中心集市广场，可以看到气势恢宏的市政厅，建成距今已经有一百多年的历史了。不远处是托马斯教堂，这座华丽的殿堂建于 13 世纪，典型的哥特式建筑，气势阔大，可以容纳上千人。巴赫在这里工作多年，彩绘玻璃窗上描绘着有关他在此活动的图片。这座城市被命名为“音乐之城”，教堂的乐团合唱团至今都是德国比较活跃的音乐团体。莱比锡的音乐大厅接待过世界各地很多著名演员，据说有几位中国著名歌唱家曾在这里演出过。

我觉得莱比锡的早餐是德国最好的早餐，既丰盛又讲究。在这里早餐不是吃，而是真正的享受。新鲜的小面包、鱼子酱、三文鱼、肉肠、奶酪，还有各种浆果。苹果和梨子都像是刚刚从树上摘下来，色泽红艳，个个饱满而气度非凡。咖啡自然不必说，吃完早餐还可以静心地喝杯早茶。茶是自己任意挑选冲泡。我数了案子上茶的品种，有十多种。餐厅是开放的，不查证件，来者都是客，全凭口一张，礼仪小姐只是问声早安便不再管了。像这样的“败家子”，在国内的五星级宾馆也不好找。

这也许就是莱比锡市民脸上那种笃定的原因，带有明显的软实力特质，不知要经过几代人的历练才能如此。

在莱比锡我们还吃了一顿上海人做的中餐，主要是饺子。我们申请再来一盘，被告知没有了。导游说，中国的饺子，因为是手工包制，很贵。我们糊涂着表示认可，好像我们在中国吃到的饺子都是机器制造。是机器制造吗?

从莱比锡出发，大约两个小时就到了德国的首都柏林。我对柏林的印象就是勃兰登堡门，它是德国复杂多变的历史见证人。1961 年，柏林墙建立之后，东西方阵营在此一劈两半。1989 年墙倒之后，东方阵营一地鸡毛，德国统一。国会大厦现在是联邦议会的所在地，穹形的圆顶已经成为柏林城新地标。因为太冷，我几乎对这个城市失去知觉。在北京我们分明还穿着衬衣，在这里，温度却降到零摄氏度，身体的每一块肌肉都是僵硬的。对它的前世今生,东方的我们失去耐心和从容，在柏林墙下匆匆而过。

五

波茨坦相当于柏林的郊区，却是省会的所在地。在这里，看到的依然全是树——或许是我的眼睛一直盯着这些树。这个城市其实可以被看作德国的植物园。没有看到城市和建筑物，葳蕤的树木花草，覆盖着每一寸土地。我更喜欢香苏栖宫的葡萄，它们是建筑的一部分，年代久远，精灵一样散发着诡谲的气息。这座仿造法国的凡尔赛宫建造的皇家宫殿，处处充斥着阴柔和耐心，植物在每一个细节上占据上风，而宫殿和宫殿里四处悬挂的世界名画，则略显苍白起来。

西西里宫之所以著名，一个重要原因是二战时期曾经在这里召开过苏、美、英三国首脑会议，并签署了举世瞩目的《波茨坦公告》。

西西里宫较之别的宫廷建筑更朴实无华，整体风格用现在的眼光看，具有后现代简洁的艺术个性。宫殿内部设施完全保持原貌，签约时的桌椅家具、壁画、瓷器都保存完好。苏联当年专门为会议制作的宫灯，历经六十多个春秋，依然把持着重要的位置，在大厅的上空流布着悠远的皇家气派。

西西里宫长在森林中央，古木参天，让观者顿生敬意。一个总是坐在历史前排的国度，步步都是历史，而参天的树木好像是它坚定的证人。

从柏林返回法兰克福，我们改乘火车。导游告诉我们，到德国一定要感受火车。

关于火车，我曾经写过数千言的文字。童年的小火车像蛇一样在某处蜿蜒而行，它所带来的对远方的向往在幼小的心间疼痛——远方在何方？相隔几十年后，在地球的另一侧，却回到儿时，像在寂寞的午后，眼睛凝望远天，大片的鸟儿盘旋着，消隐于天的尽头。在这时，在遥远的异乡，我们脆弱的心灵依然无处停靠。在飞速穿行的德国火车上，我恍然生出哭泣的悲凉——我们还要走多长的路，才能抵达我们心的远方？

高原之旅

黑色的大地是我用身体量过来的，

白色的云彩是我用手指数过来的。

陡峭的山崖我像爬梯子一样攀上，

平坦的草原我像读经书一样掀过。

…………

我缺少那些磕长头的朝圣者三步一叩、五体投地的虔敬，甚至一路上都在抱怨山高路远。平均一天十二个小时以上的车程，从拉萨到昌都，走了七天。没有走过西藏的人，你如何知道天地之高远？她有多么美，就有多么忧伤；有多么洁净，就有多么孤独；有多么冰肌雪骨，就有多么苦寒荒凉。冰雪荒凉的世界让人明心见性——我的眼睛被装满了，我的心却被清空了。我想记录经历的一切，一切却又无从说起。它的开示来自你陡然间的警醒。

同行中的一个人说他来过西藏数次，一次都未看见过南迦巴瓦峰。我算是幸运者，十年前第一次进藏，曾经清楚地看见她的真容，却并不惊讶她的高贵绮丽。这一次我们从山下的公路上穿过，一车的人正在遗憾着山中缭绕的云雾，回眸之间却窥见半天中出现一点点洁白无瑕的峰头，半拢云袖半遮面，恍然间明白了为什么她会被称作“羞女峰”。原来她的美更应该衬托在云遮雾罩、似有若无之间。

到拉萨的第一天便结识了一个叫刘萱的奇女子。她写诗，给自己取了一个笔名叫雪域萱歌。萱歌很美，但她的美是那种知性而又有点儿沧桑的清秀之美。她已经不再年轻，北京人，原在国务院新闻办工作，是个局级干部。2004 年、2010 年两次援藏。2013 年援藏结束，她不顾家人的反对和朋友的规劝，毅然将工作关系调至西藏，任自治区政府副秘书长、新闻发言人。如今她已过了退休年龄，却仍然长期生活在西藏。该有怎样的深情厚谊，才能将自己全部奉献给一片土地？在她面前我突然觉得自己所谓的空，竟是何等的满！我又与她隔着怎样的心理距离！我总是悄悄地窥看她，直发，素颜，穿深铜色暗纹斜襟藏式上衣，配牛仔裤，踩着一双短靴。看起来都不合适，一切却又如此合适。她的美是需要耐着性子打量的，是一种忧郁的安详，是一种沉静的热烈。我替她设想了一万种理由，可那只是我的设想而已。我在尘世洇染太久，无论如何都不能掰扯清真正的无用之用。她热爱西藏，不需要任何条件，她化身为这里的一片云、一汪水、一块石头。西藏有多神秘，有多少绮丽、多少壮美，可否在“萱歌们”的热爱里找到答案？

其实，答案是如此简单，只是需要我们直视而已。爱是需要勇气的，我们大多数人一生都不能遭遇生死之爱，难道不是因为我们自己缺乏勇气？我生性固执，不肯被驯服，甚至在很多年里觉得自己有着藏羚羊的野性。其实，那不过是一种狭隘，是一种自私，是一种计较之后的安逸。我们或许没有真正得到过，但我们不得不承认，我们从不肯真正付出。这个女子的前半生或许和我们一样不堪打量，但有一天，她遇见了这座高原而突然得到开示。于是，这片土地成就了她，她也用自己的生命之爱回报着这片土地。

不禁想起让我在深夜恸哭的凯伦·布里克森的《走出非洲》。与其说它是一部爱情小说，不如说是一个女人的史诗。想想凯伦遇到丹尼斯后写的那句话："在绝望之后……"在古老而原始的土地上，动物不会被驯服，热爱自由的人也不会，但爱会驯服灵魂。"你并非你所拥有。"你是你自己。当凯伦失去情爱，舍弃了给予她身份的丈夫，舍弃了家园和其他一切，却得到了她自己。

"萱歌们"的高原就是凯伦的非洲，她们在这里找到了自己，以及生命的全部意义。

很多人以为去过拉萨就是到过西藏，不曾在高原上行走能算完成高原之行吗？昌都人说，你若来了西藏，一定得到昌都走一趟。

雪山、森林、草原、山峦、天空、雄鹰、落日、寺庙、村庄……有些地方你从未去过，却觉得自己曾经见过。真的有前世今生之轮回吗？自拉萨去昌都的路上，我们翻越了海拔四千多米的雪山。在茶马古道上仰望，在古长城上徘徊，在然乌湖的观景台上聚餐，在七十二拐天路上驰行。走入古冰川，相见千年古盐田。那一路，在观景台上恰逢雪山崩塌，雪瀑缤纷，气象万千。那一路，我们在多拉神山上驻足，傍晚的山边突然挂起彩虹，世界瞬间被点亮。幸福就是这样不期而遇。

昌都，我第一次知道这个茶马古道上的重镇竟然是香格里拉的核心区，我心中的净土。是否如《香巴拉并不遥远》歌词里唱的那样："那里没有痛苦 / 那里没有忧伤 / 它的名字叫香巴拉 / 传说是神仙居住的地方……"有浅薄者说，要在西藏寻找一次"艳遇"。他们哪里懂得，在西藏的每一刻都是"艳遇"，而且是那种刻骨铭心的生死之恋。你已经没有了分别心，人与人、人与物、物与物，诸相非相，一得万得。可不就是神仙居住的地方！

在昌都，在被当地百姓称为"神女峰"的达美拥雪山脚下，我们品尝到了藏地葡萄酒。此酒是用达美拥雪山的雪水灌溉的葡萄酿出的，冠以雪山之名。广告词上写着："达美拥——离太阳最近的葡萄酒。"它还有一个好听的名字：西藏的波尔多。相传 18 世纪中叶，法国传教士来到西藏芒康盐井传教，带来了葡萄种子和"波尔多"酿酒技术。天山雪水、洁净的环境、天然的气候结合，成就此佳酿。小小的酒杯中，似乎能品味到藏文化和法兰西文化巧妙融合之后的厚重。

盐井的天主教堂是西藏地区唯一的天主教堂，虽几经修缮，骨子里的情怀还在，日常的世俗里隐藏着饱经风霜的神圣和庄严。在伸手可以触摸到太阳的高地上——不，是在天际——倚一片云彩伴酒，仙子一样微微地醺着，真的被“西藏波尔多”醇正的味道和细腻的口感征服了。

万物的起始，必先抱持一个坚定的信念方得圆满。想必种葡萄有种葡萄的信念，酿酒有酿酒的信念。而有关唐卡的信念，因为意蕴万方更是让人浮想联翩。唐卡被形象地称为“流动的壁画”。相传两千多年前，生活在青藏高原上的藏族人开始修心观想，但那时没有足够的寺庙，于是就有了在洞窟里闭关修行的传统。由于西藏部分地区天气恶劣，不宜在同一地长期居留，需要经常迁徙，但人们带不走留在墙体上的壁画，于是，他们便把菩萨佛像画在布上带走。这便是早期的唐卡。一种新的艺术形式由此衍生。藏族人的历史、政治、文化、传说、民俗、天文历算、医药、地理和社会生活等各方面，都集中在一张张唐卡中，称其为藏地的百科全书一点儿也不为过。从 7 世纪有文字记载至今，唐卡已经有一千四百多年的历史。

唐卡丰富的色彩是普通绘画根本不能相提并论的。画一幅好的唐卡至少需要三十种颜色，它的配色层次十分繁复细腻，在观者眼中变化无穷。唐卡的色彩既是形式，也是内容，其本身就是藏地的历史人文和环境的投射。它关乎藏族人的历史传承、文化传递、宗教信仰以及对自然山水的敬畏。因为敬畏，唐卡的绘画颜料非同一般，多采用松石、玛瑙、珊瑚、金、银、珍珠、朱砂、琉璃等贵重的宝石矿物原料，因此它的珍贵既是精神的，也是物质的，更是艺术的。

到昌都旅行，对人们最大的诱惑是拜谒唐卡的故乡，西藏最重要的唐卡三大流派之一的藏东噶玛嘎孜画派，它就发源于昌都的嘎玛乡。据说画师画一幅唐卡要像修行一样耐得住寂寞，需要相当漫长的过程——用几个月的时间磕长头，是对神的顶礼膜拜；用几年的时间描摹一幅唐卡，更是一心向佛的一种信念。我们走过画师身旁，亲历一眼神奇的绘画过程，虽然并不能真正进入那种大隐隐于市的忘我境界，但轻轻触摸一下承载着生命真谛的圣洁之物，是不是也能感受到高原艺术家们心中的慈悲和安详？

一趟漫长的西藏之旅，像唐僧西天取经历经九九八十一难一样。我们行走在高原，也遭遇了暴风雪、泥石流、雪崩，可回首看来，这些经历肯定会成为我们生命中最美好的事物。

我感动着我的感动，对西藏的体悟只能化在心里。很多时候，很多东西无以言说。

那天，在昌都，我们醉了。不醉酒，无以面对高原。那个深情的夜晚，我终是被一首诗所震撼：

极目相接之处，
让风引领随意远行，
或者有一段歌声如约而至，
飘浮于头顶停留的云端。

关于西藏，一路陪伴我们的吉米平阶，这个谦和的著名藏族作家，用他的诗歌《纳木娜尼的传说》给了我一个最好的回答：

因为你的降临，
天与地会在某处连接，
有了连接天国的唯一通道。

瑞安的面相

我认识一个地方，往往不是从景物，而是从人开始。认识瑞安是从女孩子开始的。

出了瑞安高铁站就看见小雅，小小的脸，小小的身量，除了眼睛大，处处娇小。小小的人儿却开着一辆大车，彰显着他们这代人对现实的操控感。她说，白色的大宝马是她刚买的婚车。这姑娘外向，一上车就叽叽喳喳说个不停。她说："瑞安有很漂亮很漂亮的山，有多漂亮，反正看了才知道。瑞安有飞云江，不太宽，但很长很长，源头在哪儿呢？不知道。流入什么海？不知道。"说完自己就云雀般地脆笑。车外一声响动，她也是咿咿呀呀地喊起来，不惊惧，也不烦躁，依然是一串悠扬。和她在一起，心里脸上都时刻会堆满笑，她的欢乐点燃人呢。

随后不久，车行至目的地。在一大群人里，一眼就看见一个穿旗袍的女子，高个儿，肤白貌美。她的丰腴姿态，让人想到嵌在历史光阴里的某个人物，比如杨玉环。这样丰腴的美丽女子，让人再不想去减肥。美总得有另外的样子，亦坚韧，亦沉着，不疾不徐。瑞安的女子会穿戴，街上随便瞅见一个，总觉得哪儿哪儿都得体。瑞安是我记忆中女子穿阔腿裙裤穿得最好看的地方，是那种麻料的质地。比如，乳白的半短肥裤子，配墨绿的紧身小上衣（同样是棉麻布料），迎面走来，翩若惊鸿。瑞安的女子好像个个爱穿高跟鞋，丰乳肥臀，细腰扭得极好看。有人说，看一个城市的繁华，白天看女装，晚上看灯光。灯光我没注意，女装倒是看了个饱。瑞安的女子，从垂髫稚童到花甲妇女，个个经得起打量。

瑞安是浙江温州下辖的一个县级市，紧靠温州。瑞安人说，瑞安这座千年古城自古就是温州一带的文化中心。瑞安人说这话，端的不是夜郎自大。那天我们看南戏《琵琶记》，听着却分明是越剧。这出戏的扮相和唱腔美到让人想大哭一场，好久不曾这般感动。戏词自然是一句听不懂，单是听腔调，已听得热浪一波一波地从腔子里往上翻涌。南戏便起源于瑞安，是越剧的前身。

据史料记载，《琵琶记》是瑞安人高明的倾世之作。高明自号菜根道人，他既是戏剧大家，又精工诗、词、书法。他的这部《琵琶记》被尊为“曲祖”“南剧之首”“百戏之王”。

高明是元朝进士，曾为官多载，官当得不大，估计亦不十分得志。至于后人评述他“为官清廉，不畏权势，敢忤上司，刚正不阿，经常与佞臣对持不一……”由今观古，也未必尽是溢美之词。总之他仕途不顺心，终至弃官。这一弃算是走对了道路，从此世间少了一个寂寂无闻、四处碰壁的小官吏，多了一个戏剧大家。他辞官后在宁波城南二十里的栎社隐居，三年写下这部《琵琶记》。

《琵琶记》讲述的是东汉名人蔡伯喈与妻子赵五娘的故事。蔡伯喈被其父逼迫赴京应试。中状元后，当朝牛丞相奉旨招他为婿。他辞婚、辞官均不获准，被逼入赘相府。时家乡遭饥荒，赵五娘典卖首饰换粮侍奉公婆，后公婆气饿致死。五娘罗裙包土筑坟葬亲后，身背琵琶，靠一路卖唱上京寻夫，后与丞相之女相会相知，最后夫妻终团圆，庐墓一门受旌表。此剧以忠孝节义为核心的儒家理念创作诗文，形成具有个性却又符合儒家“温柔敦厚”的入世思想，也有“真乐在田园，何必当今公与侯”的避世思想，体现了中国传统士大夫在儒道之间游移徘徊的个性特征。

我在心兰书社静静地喝了一杯茶。与周遭古朴沉潜的环境比起来，茶汤略显平淡了些，压不住这厚重。这座小小的中西合璧的方形建筑竟是建于清代，是中国第一家对外开放的公共图书馆——是第一，不是之一。闻听此言，我很惊讶。刚才还想抱怨茶水太淡了，立时肃然噤声。也难怪，这冲泡了百年之久的汤水，香气理应淡雅平和、不露声色。

书社四门洞开，有几人静静地坐在桌前阅读。自清代至今日，铁打的书院流水的读者，一代一代的瑞安人在这里通过书本打探世界，然后走向四面八方。

心兰书社是省级文保单位，在相距不远的一条街道还有一座院落，玉海楼。玉海楼是浙江四大著名藏书楼之一，国家级重点文保单位。古色古香的玉海楼气派要比心兰书社大了许多，雕梁画栋，绿荫蔽天。随行的人说，心兰书社是平民书院，是以许启畴、金鸣昌为代表的十几个书生众筹资金盖房置地，用土地经营收入维持书院的日常之需。而玉海楼却出自大户人家，是清光绪年间太仆寺卿孙衣言和其子孙诒让所建。孙氏父子因慕南宋王应麟博览群书，遂以其巨著《玉海》为楼名，以示藏书“若玉之珍贵，若海之浩瀚”。

玉海楼占地面积约 8000 平方米，置身于多人合抱粗的千年古榕树旁，甚是庄严敦厚。它集藏书功能、浙江民居特色和私家园林风范于一体，整组建筑屋脊、瓦、门窗、地面、台基等极具地方特色，尽显浙江官宦宅地风貌，蕴含了厚重的历史文化。

心兰书社是中国第一家对外开放的公共图书馆，位于玉海楼对面的利济医学堂则是中国第一所采用欧美办学制度和方法创办的中医学校。利济医学堂旧址被列为全国重点文保单位，现辟为利济医学堂博物馆，是瑞安另一座具有独特历史内涵的文化地标。瑞安还有中国木活字印刷术展示馆，是活字印刷术起源于中国最好的实物证明。2010 年中国活字印刷术被列入《急需保护的非物质文化遗产名录》。

行笔至此，我不禁惴惴然。浸染在四面八方厚重的文化气息，已经压得我透不过气来了。瑞安的文化遗产还有多少个第一？而且，说了这么半天，我还不曾说起小雅提及的那些“很漂亮很漂亮的山”和“很长很长”的飞云江。瑞安的风景，也确实值得一说。瑞安有山，较之北方的山，它如灵秀的南方女子，翠绿碧透。山中奇峰环绕，峡谷相连，树木茂盛。瑞安更有水，有江面阔大的飞云江。小雅不曾明白它的源头和归宿，我们也到底没弄明白。但当我们看到美丽的飞云江在瑞安的城市中心神态安详地迤逦穿过，还是被它摄人心魄的美震撼了。

有人说，飞云江是瑞安的一件衣裳，我觉得它更像瑞安衣裳上的一条玉带。有很多的文人墨客到瑞安来，希望能把瑞安诉诸笔端，给瑞安添一件新衣裳。是的，瑞安有多重面相，也需要更多的衣裳。外面的人来了，只需量体裁衣，便可让瑞安美丽加身，因为瑞安就这么充实饱满地立着，无须浓墨重彩便可锦上添花。似乎全国各地每天都在制造城市的文化景观，但很多地方的景观体质是虚弱的，没有多少人气。人气的关键是“人”，然后才是“气”。人得先立得住，才会有浩然之气。你不知道人是什么样子，做出的衣裳肯定是迟疑的、试探的，终归不合身。瑞安是一位信心满满的老绅士，身心舒泰地伫立在这里，你能看得清他的体貌，摸得到他的前世今生，亘古至今，他依然健朗地活着，处处让你欢喜让你感动。

离开瑞安，送行的司机是一个老实的瑞安小伙儿。在路上，他认真地问我：“你是郑州的，你们郑州可有我们这个城市大？”

对于他的问题，我差点儿笑岔了气。郑州毕竟是个超千万人的省会呀！笑过之后，我却莫名地烦恼沉重。郑州与瑞安比起来，体量自然要大很多倍。可是我身为一个郑州人，当我穿过一环套一环的城市道路走回家的时候，扪心自问，郑州可真有人家那个城市大？

三月的蔡琴

前几天，朋友给我发来京剧《锁麟囊》的全剧视频，说是春节贺岁版的，程派六大传人轮番出场。“包括你最喜欢的张火丁和迟小秋。”最后她还叮嘱我说，“这样的季节，猫在屋子里疯狂地泡一段名家名段，是最大的享受了。”

视频我一直没点开，一是没时间，二是没情致——听京戏要找到朝圣般的那种感觉。这样的感觉已经很久没有了，所以一直没听过戏——世事如棋，故事拆到最后，不是都能找到薛湘灵和赵守贞那样的善良和厚道。

大戏泡不成，小曲却是经常掐头去尾地听听。每当眼倦手乏，便泡上一壶绿茶，在潮水般的音乐里忘记自己。毕竟，以我这样的“高龄”，疯狂是做不到了。但我很同意朋友的观点，三月是听曲子的好季节。处在我们这样的纬度，二月里冷，四月里热，只有三月才能体会到春天的种种曼妙。

然而细细想来，能般配三月的歌手实在是屈指可数——三月可不是一个随便就能拿得起放得下的月令。那一苞一苞花蕾般的情绪，尚需怎样耐心地拆解！煞有介事的伤心和小模小样的爱怜，不听也罢。

歌应该分季节来听并不是丝毫没有道理。苏芮的歌若放在春天听，总觉得有那么点儿错位。春暖花开的时候，即使充耳便是“所以牵了手的手 / 来生还要一起走 / 所以有了伴的路 / 没有岁月可回头”，不但找不到温暖，反而是迫近黄昏的一腔沧桑；换上“谁能告诉我 / 是我们改变了世界 / 还是世界改变了我和你”的怒问，效果也好不到哪里去——她的歌放在秋天听，也许会和我们怔忪而又无处安放的心灵撞个正着。

但是蔡琴就不一样了，她的歌属于三月。那样一种通透，不管是委屈抑或是悲情，都被她用涤尽铅华的高贵和平静洗刷得平平淡淡。她的歌唱到哪里，哪里就是生活的现场。在《油麻菜籽》里，一句“才盼望你将我抱个满怀 / 日子就已荡呀荡的来到现在”，隐隐约约的那种戏剧张力里，你正等着悲摧的情绪找到一个痛快的出口，谁知她轻轻折转，竟自来到“经过了那些无奈和期待 / 我好高兴有了自己的将来”之境。

也许那就是她真实生活的写照吧！在感情生活上，虽然蔡琴并不是讳莫如深，但也不是清澈见底，尤其是她和杨德昌之间被杨贬为“十年空白”的婚姻生活，自己却认为是“全部的付出”。不一样的蔡琴，即使在婚姻生活里也没有大喜大悲、大起大落的癫狂表情，唱歌的态度就是她生活的态度，并因此真实得让人不敢相信。那千帆过尽的大气，也不是任何人都能般配的。爱情这东西，不能没有，但又不能常有。既然能拿得起，就要会放得下。

过日子，平平淡淡的铺排和一点儿都不能平淡的现实，是人生大开大合的机关，毕竟谁都把握不了最合适的起承转合。可是，有多少人能弄懂这个呢？也许蔡琴从一开始就想开了——想开了，这是个多么残酷的词啊！人心九窍，世事万端，并不是好便是终了便是好的恒等式；长歌当哭，亦是痛定思痛之后，滤净苦涩，才能说出平平淡淡的从容。一曲《爱情就是这样》道尽了成熟的代价和残酷："听，心里的声音，是不是还熟悉 / 不，不要说话 / 受伤过失望过心碎过现在才安定……"没有悲哀，但是比悲哀更尖锐。她从来就是从里到外把自己翻出来让别人看的歌者，她演绎的是生命最本质的颜色。

对于三月，蔡琴也是情有独钟："读你千遍也不厌倦 / 读你的感觉像三月 / 浪漫的季节 / 醉人的诗篇……"她的歌永远是恒温的，波澜不惊、低回委婉，那是早已被我们遗忘了的古老的心灵密码和语言表达，既有古典的浪漫，又有现代的幽婉感伤。那种布尔乔亚情绪，配以她天鹅绒般的嗓音，只有在试音天碟里才能找到这样的精致。

在鲁迅文学院学习期间曾经听过一次蔡琴。现场中平淡的是歌手，激动的总是在歌声里徘徊不去的我们——"谁说我的命运好像那油麻菜 / 只是你不知将它往哪里栽 / 就算我的命运好像那油麻菜 / 但是我知道了怎样去爱……"

即使卑微，也有如此的尊严；就算没有合适的三月，有了蔡琴相伴，还有什么可遗憾的呢？

第三辑

读人

有匪君子

之前有感而发，以小文记录了几位“70后”女性作家。朋友们读后，持异议者甚多，原因无外乎是，我有意忽视了那另外的半边天，抑或我们的作家队伍像某些体育项目那样“阴盛阳衰”。有人愿作此解，也未尝不可，但与真实却相去甚远。不过这真实要真说起来，也实属不易。如果说，一众婉若清扬的“70后”女作家撑起了文学柔性的天空，那么，同为“70后”的那批男作家，也以他们各自的文学才华，打拼出一个硬朗朗的世界。如今，他们已经成为我们文学现场最为活跃的一批作家，在一定意义上，他们今后的作为，应该成为今天中国文学最可期待的力量。所以，如何书写他们，于我终归是一件盛大且庄重的事情。

还是要从“70后”这样的代际划分说起。二十年前，当这个概念被叫响之际，或许大家并没有清晰地意识到，这一代作家终有一日将挑起大梁——尽管，这几乎算是必然的规律。但文学的赓续有时又有着特殊性，于是才有“文起八代之衰”

这样的断代接力。当年的始作俑者推出这个概念，我暗自猜想，他们更多的诉求也许是放在了对文学新力量的助推上。至于这股力量去往哪里，也是少有估计的。他们的着眼点或许是在“冲击”，甚或是对既有的文学现状构成某种“建设性的破坏”。如今，经过二十年的创作实践，这代被冠以“70后”之名的作家日益茁壮，在不知不觉中，从昔日的“破坏性”力量，成长为中国文坛的“建设性”力量。以我有限的视野来观察，这代作家就像文坛的“中产阶级”，他们从数量到质量，都为我们文坛结构的“纺锤形”做出了贡献。谁都知道，在社会学家眼里，稳定的社会结构就是两头小、中间大的纺锤形。而这代作家，不管是在被忽视还是被重视里，都自顾自地拔地而起，不期然间已绿荫如盖，撑起了这道饱满的弧线。这也从另一个角度佐证了二十年来中国文学的成功。我们在顶端有着收获了包括诺奖在内的一系列国际重要奖项的作家，中间有这些蓄势待发的作家，是不是我们也可以欣慰地说，中国在走向世界的中央；中国文学，也在走进世界的中央？

徐则臣，他被称为“70后作家的光荣”。对于作家的代际之分，他也的确有着比同代作家更为深入的思考。不同于他的许多同龄人，徐则臣并不拒斥这种“整体性的命名”；相反，他承认这样划分的合理性，并勤于在“整体性”中来观察自己的位置，想象、判断和投身一个时代的文学走向。这必然赋予了他一种更为宽阔的文学眼光，使得他能够在一个更高的层面上展开自己的文学抱负。同时，他又清醒地警惕着，强调这是

“我”在写，而不是一群人在写。在“我”与“一群人”之间，他做着有益的辩证，认领了“一群人”的使命，继而从中反倒坚定了自己的立场；他站稳了“我”的脚跟，然后又最大限度地努力让自己具备“一群人”的共同性。于是，这个“我”的力量，就有了“一群人”的宽广。不错，“站稳脚跟”这四个字，就是我对徐则臣最直观的感受。他的个人气质也与这四个字高度匹配，一张“站稳了脚跟”的脸膛，一副“站稳了脚跟”的身板。每每与他见面，我都会忘记这个比我小了不少的兄弟的真实年龄。他拥有毋庸置疑的满腹才华，持重诚恳，丝毫不见一个才华横溢者司空见惯的那种锋芒。这令他身上少有那种“才子气”，却多了不少更为阔大的气象。他似乎从未稚嫩过，以至于你都要忘了他的年龄。他“站稳了脚跟”地坐在那里，“站稳了脚跟”地发言，无端地，就令你感到放心、感到言之有理。如今，随着文学对外交流的日益深入，徐则臣已经代表着他这代作家走向了国际。在我看来，这真是一个上佳的人选，因为，他那种“站稳了脚跟”的气质，在我的想象中就有一种“中国味儿”，堪可向世界展示他那古老国家年轻的现在和未来。我也相信，随着世界性的视野不断扩展，徐则臣所“光荣”着的，将不仅仅是我们的“70后”，他会在更大的格局中思考文学时代性的命题。

张楚，“70后”的标记也许在他的身上最为突出，但这份突出可能并不经由他的专门强调。他是整个人都活出了一个“70后”的范式。说他没有专门强调自己的代际身份，是因为在文学观念上，张楚似乎从来就未曾专门强调过什么。换句话说，他没有理论的冲动。这一点细究起来，令人饶有兴味。毫无疑问，他是这代作家中绕不过去的一个。但与他那些“绕不过去”的伙伴相比，张楚是一个鲜见不做强烈文学表态的人。你看看他写的那些创作谈，抑或听听他的那些会场发言，几乎通篇都像是文学的抒情，而少有理论的果断与强悍。他对文学的介入方式，与他做人的方式浑然一体。他不思辨，他乐于抒情。这种气质使得张楚的作品更具有斐然的“文气”——我是说，他更像一个天然戴着感性的眼光看待世界的“文青”式的作家。在我的这个判断中，“文青”是一种更高、更本质的作家禀赋——他们天生就是当作家的料子，几乎可以不经过后天的理论宰制；他们就是《诗经》中最早吟诵出诗句的那批先民，他们的所知与所感，就是本初的文学。他们是文学“青”时的歌咏者，在起点处和文学相连。这种风格使得张楚和自己生命的来路最大限度地保持着一致。你尽可将他笔下的那些人物想象成他生活中的人物；你尽可一望而知地将他直接划入“70后”的阵营——他的着装、体态、表情乃至记忆，处处都是一个“70后”应是的样子。还有人说，张楚最“70后”的一面，就是酒酣耳热之后一展歌喉，必定唱那首《想和你去吹吹风》。据说，这首歌张楚在不同场合唱了无数次。这是张学友1997年专辑中的作品。那一年，张楚二十三岁，正是年华葱茏时。他就这么唱着唱着，把“70后”的身份唱成了自己的标记。这也从另一个侧面反映了张楚的风格——念旧、用情、爱人、爱生活，永远像一个热情的少年，向世界热忱地释放着他的善意也倾诉着他的忧伤。

弋舟，我曾经在文章里写过他：“对于他，我保持着高度的审慎，因为，看透这个孩子确实需要借谁谁一双慧眼。”我也知道，所谓“看透”，本就是妄想，即便我们生就了一双慧眼，怕是也难断言便可看透每一个生命。更何况，我观察着的还是这样一群灵魂迥异的作家。其实，如今我再想来，或许弋舟本不用被“看透”——他本就透明地站在那儿，不过只是释放着难以被看透的气息。这就是一对矛盾，而这也正是弋舟的困境。

弋舟的作品放在同代作家中，在我看来，有着十分复杂的面相，而骨子里又有着十分一致的基因。他似乎从来没变过，又似乎永远都在变。他作品中的那些主题一以贯之，但他却在不同的阶段展示出不同的方式。世界在他的笔下并不缺乏烟火气，可奇怪的是，这些烟火气一经他的收拢，又都清冷、整饬，仿佛一杯被过滤到极致的老酒。这就像他的人一样，也跟朋友热络，却总难火热。我想，这并非仅仅源于他的分寸感，也并非仅仅出自可以想象的骄傲，或许，是他始终被一种目光所束缚，于是，只能选择一种“热切的观望”。他有活在烟火中的热切愿望，却只能在观望中赋予蒸腾的烟火以审美的提炼。他融入不了。这也许是一个好的艺术家重要的特质，他将一切都艺术化了，乃至真实不虚的生活，在他的感受中都宛如一部作品。相较于张楚“天然的不思辨”，弋舟似乎就是“天然的思辨”。在传统的文学观里，这两类作家分别代表了现实主义和浪漫主义，但就他们两个而言，这样的边界已经远远不能框住他们。也许，恰恰是因为有了这样的艺术观的分野，才让我们文学的天空繁星点点吧。如今，弋舟的价值也越来越得到了辨识。陈福民曾经做出过这样的评价：因为有了弋舟的写作，“70 后”作家的写作在文学史上又添加了一份重量。

王十月，这个“70 后”在我的直觉中与“力量感”相连，总让人无端地想起稼轩词中“气吞万里如虎”的诗句。这样的联想可能非常形而下，但唯其如此，才更显妥帖。这个昔日从山间走出的少年，带着山野间特有的那份倔强和野气，不管不顾地杀入文学乱阵，硬是为自己拼出了一条生路——这可能更显悲壮和震撼。“成功”一词，如今在王十月身上也许有着最为世俗的那种体现——他从一个打工者成了国家级文学奖项的获得者，从一个农民工成了文学刊物的副总编、总编、社长，这些都足以让人将他视为励志的好榜样。但是，我所看重的，恰恰是这个“成功者”身上散发出的“失败感”。甚至，他越成功，便越专注在失败上。当他获得荣誉之时，目光开始一再回望，从《国家订单》到《收脚印的人》，笔端牢牢地锁定在那个他曾经置身的群体之中。他关注着他们的失败，像是体恤着自己的兄弟姐妹，乃至连同自己今天的成功，似乎都不再是那么天经地义。这让他的写作具有了那种可被称为道德感的格局，也注定了他对现实主义毫不迟疑的忠诚。他的个人履历与文学成就，都与这个时代紧密相连，于是，这也就成了我从他身上感受到“力量感”的缘由。这是一个不会退让的作家，他的奋斗经历、他的初心不忘，都决定了他应变的机智和面对复杂局面时的不会妥协，他将争取一切他认为必须争取的，仿佛永远厮杀在古代的疆场。

可以拿来跟王十月做对比的，最恰当的人就是石一枫。像所有家世不错的北京孩子一样，这个卡在“70后”尾巴上的作家，有着不动声色的体面感。他戏谑，他无所谓，他不争抢，文学之事在他这里从来不会被夸大到一种与命运等高的高度，有时候眼见着这件事可能要往高处去了，他便会忙不迭地赶紧将其拉回到合适的位置。恰是如此，写作在他手里才被还原成一件寻常事。其实，正如富贵闲人不等闲一样，寻常事儿才最不寻常。在很大程度上，这种还原有着中国文化最深刻的底蕴，且对于我们的文学有着莫大的意义。没准儿，多一些石一枫这样的作家，我们的文学就会更加可靠。他不令人担心，在纯粹的文学立场上周正地行使着一个作家分内的义务，也加添着一个作家为文学带来的恰如其分的荣光。在一种貌似“混不吝”的做派背面，如同他所供职的《当代》一样，如今的石一枫，其实稳稳当当。一连串的大中篇，饱满、结实，现实关怀和好读耐看一样都不缺。他的作品难能可贵地有着一种平静的定力。在平静的定力之下，是石一枫充分的思考与耐心的观察。这就像石一枫大大咧咧的背面，其实是各种各样的讲究。他食不厌精、脍不厌细，席上吃肉的量不会超过吃主食的量，酒也喝点儿但少有喝醉，而且坚定不移地不吃整鸡。仅就“70

后”男作家的讲究而言，我能想起跟石一枫有得一比的，好像只有一个弋舟。拿这两个作家比照，也是件有意思的事。在一定程度上，他们俩似乎都是矛盾体，而矛盾在石一枫身上有时会被他故意放大。所以，我不免常常猜测，没准儿每当石一枫在朋友圈里晒吃晒喝的时候，这个北京孩子其实正在忧国忧民地满腹惆怅。

肖江虹，关注这个“70后”，首先完全是由于我对他作品的欣赏。从《百鸟朝凤》到《傩面》，我在他的作品中读到了某种久违的小说感受。我甚至很难将这些作品瞬间与一个“70后”作家联系起来。这当然是源于我的偏见。似乎是，我会觉得这代作家天然地与我的文学经验有些分歧，他们饱受现代主义熏陶的文学能力，我能够欣赏，但有时也会觉得有些隔膜，仿佛面对着的，就是一幅幅挂在镜框里供人打量的杰作，而少了些有血有肉的感同身受。我要承认，我的文学观并不是宽泛无边的，在骨子里，我依然倾向那种有根脉、能贴地的作品。而肖江虹的作品，恰恰满足了我的这种文学观。这个贵州的青年作家，开朗幽默，不疾不徐，牢牢地抓紧专属于他的经验，用一种“默默无闻”的态度强力书写着亘古的事物，于是，“默默无闻”于他便成了“大张旗鼓”的标记，令他的作品别具魅力，张扬着今天我们的文学里迫切需要的那份文化的自信。作家与自己的作品往往构成奇妙的映照，《百鸟朝凤》被吴天明搬上大银幕后的命运，仿佛便昭示了肖江虹所秉持的文学观——也许会有暂时的落寞，但终究会依靠强大的生命力赢得喝彩。这就像他作品中的那些主题所指认的一样，传统文化的根脉正是中华民族繁衍不衰的精神源泉，在对这种源泉的继承中，肖江虹写出了世界文学格局中属于他自己的中国故事。

记录那些“70后”女作家时，我想起了《诗经》中的美好句子，此刻，记录这些“70后”的男作家，依然也有遥远的诗句在我脑海中回旋："瞻彼淇奥，绿竹猗猗。有匪君子，如切如磋，如琢如磨。瑟兮僩兮，赫兮咺兮。有匪君子，终不可谖兮……”“有匪君子”，我的这些年轻的同行们，我愿意同样用《诗经》中的句子来祝福他们。他们以各自的光和热，烛照和温暖着这个世界。对于未来，他们未必比我更坚韧，但肯定比我更坚定。他们在文学之路上如切如磋、如琢如磨地精进，必将创造出更加盛大辉煌的文学景观。

婉如清扬

这篇文字源于一堂高校的文学课，有同学提问："你最喜爱的'70后'女作家有哪几个？"在中国的文化语境里，这样的问题即使对于提问者来说不是居心叵测，而对于回答者来说，也可以说是危机四伏。其实，我喜爱谁不喜爱谁，还真没有认真地想过，只是要把它说出来，总有投鼠忌器的隐忧。但我一向直言不讳，同时也不喜欢用"最"这个词。

在我们当下的文学现场，不需要专门说明，我自然会对一众女性作家心怀格外的喜爱。我喜爱她们，首先，一定是基于文学的立场。她们个个不同凡俗，以自己流光溢彩的作品建树着文坛那道不可或缺的风景；其次，同为女性，一定也是我格外关注她们的原因。我们在多年的交往中，相互眺望、砥砺，建立起了专属于女性作家的那份友谊，妥帖、细腻，甚而有些小小的私密。这样的情谊，使得我们建立在文学基础上的友情，更多了一份宽博和设身处地的理解。她们用不同的姿态和方式影响着我，而这种影响也并非仅仅局限于文学创作。相同的性别，相近的文学态度，让我在感知她们的时候，同样也反观着自己，让写作和交流变成了一场修行，而且是文学与生活的双重修行，为之喟叹，为之欣悦，书写和阅读，更加具有了如影随形的生命感。

写这篇小文的时候，不期然，我想到了多年前的一幅画——《“70后”美女作家图》。关于这幅画的来龙去脉，已经有其他同行做过精彩的说道，我就不再赘述了。我想要说的是，这幅画上宗仁发的题词，今天想来，我依然要表达自己由衷的赞同。作为“70后”这个概念的始作俑者之一，宗仁发当年在这幅画上写道：“如果说这是对时代的一种描述，我们尚可理解，但以此作为对‘70后’女作家的认定，无疑是肤浅和片面的，我是不能苟同的。这不是说‘70后’女作家的写作和身体写作无关，而是说她们的写作是更丰富、更复杂的。眼前的画卷让我感到误解是人类永远的悲剧，艺术家与作家之间尚且如此，况他人乎！”

之所以想到这段话，是因为我突然意识到，我意欲记述的这几位女作家，竟然齐刷刷都是“70后”。我比她们年长几岁，除去姐妹之谊，这个事实细想起来的话，真是饶有深意——原来，滥觞于20世纪90年代的那个“70后”概念，经过将近二十年的时光，今天终于结成了我们文坛毋庸置疑的“正果”，以至于它的硕大和饱满，为我们这个平庸的时代平添了一种舍我其谁的韵致。

当然，我也知道，即使影响如此之巨，但她们也不是“共同体”，就像宗仁发所说——“她们的写作是更丰富、更复杂的”，但是，我愿意以一种“共同体”的确认，来表达我对于她们的欣赏。尽管好的作家一定是一个又一个的个体，但好的作家，也一定有着某种一致性。

魏微，她当年在那幅画上题写道：“被误读的一代。”这真是言如其人，在我对她以及她作品的感知中，那份强烈的清醒与自我认定的意识，始终贯穿在她的身上。她的冷静沉着常常令我感叹，惊异于它们究竟源自什么。她的平静与沉着，也一直为人所称道。创作上，以少胜多，几乎已经成了魏微的标识。她写得少、写得慢，重要的还在于，她写得好。于是，慢和少，在魏微这里成了一种文学品质的象征，令她满足了我对于一个好作家全部的想象。你可以将她的“少和慢”视为一种谦逊，她不过度信任自己的能力，不挥霍自己的才华，未曾想过要超额完成什么，以近乎老实的态度对待着自己的文字；你同时也可以将她的“少和慢”视为一种骄傲，她笃信自己的笔墨，相信存在感不用建立在大干快上的热闹劲儿里。在这样的谦逊与骄傲中，与人日常交往中的魏微，也有了某种令人舒服的平衡感，两下中和，相处时，让她格外地不会令人觉得突兀，以至于她性情来了的时候，戏谑都显得平和，而平和又不至于呆板。据说有家出版社推出当代女性作家的文集，约稿到了魏微这里，不出所料，遭到了她的婉拒。理由其实简单，她不愿重复出版自己的旧作。就是这简单的理由，我想，许多人是不会拿来告诫自己并拒绝他人的。大是大非面前，我们或许都知道怎样决断，但恰恰是这种貌似无伤大雅的小处，更见一个人的质地。魏微清醒，魏微也“顽固”。她用她清醒的“顽固”，矫正着对自己的“误读”，这可能胜于滔滔不绝的雄辩，而且，从更大的角度去看，她的表现也为她所在的“一代”做出了沉默的说明。

金仁顺，她在当年的那幅画上写下了“无言以对”四个字。琢磨这四个字，我几乎就能想象出金仁顺惯常示人的样子。表面上，她力求完美，在任何场合都周全到无可挑剔。有一句玩笑话说她“老少通吃”，这意思当然是男女老少都能喜欢她。有一个同道写她：有一点儿“冷”，有一点儿“不想废话”的意思。她的这种“冷”和“不想废话”，的确可以在骄傲中找到原因。话不投机，她便干脆来一个“无言”（这标签好像也适合我，呵呵）。骄傲是真的骄傲，可金仁顺的骄傲不是倾泻式的，她含得住，不解释，只亮出一个不敢苟同的态度。于是，这份骄傲就站得住脚了，不让人排斥；更何况，她的这份骄傲也实在是有底气。我听过不少人夸赞金仁顺的小说，更夸赞她的人，好像同为“70后”的那些男作家们都对她的小说有着众口一词的认可。对此，我当然赞同，我只是在他们的说辞背后，暗自微笑，因为，在他们所想象的那个不动声色的金仁顺背面，还有一个我所熟悉的远比她的小说活泼伶俐的金仁顺。相对于示在人前的那种“无言以对”，真实的金仁顺还有着属于她嬉戏时的字字珠玑，那当然不是胡说八道，是反应机敏的聪明与不人云亦云的个性。从“无言以对”

的一极，到“妙语连珠”的一极，中间就是那个随性而为的金仁顺。她不委屈和强迫自己，乃至在写作上似乎也疏于计划——“想写一个故事，我就去写。很可能，翻箱倒柜地找半天，什么也没有；也可能一不小心，拉开抽屉就出来一颗珠宝。”诚如她所言，在她这种“撞大运”似的写作中，我们更多看到的是她为我们捧出了一颗颗珠宝。

朱文颖，她在当年的那幅画上写下了“比窦娥还冤”。可不，这非常贴近我所理解的那个朱文颖。她会风风火火地喊冤，有时可能还要刻意夸张自己的情绪，譬如，自比窦娥，而且，“比窦娥还冤”。面对世界加诸己身的不恰当的认知时，朱文颖可能会立刻生出与之分辩的愿望。这可以让你将她判断成一个急性子，并且，似乎还有些强势的作风。但恰恰如此，朱文颖才具有了最高的辨识度，而且，随着交往的深入，你会发现这个极具个性的女作家有着一股磊落的魅力。她也不委屈自己，有时倒是不妨委屈委屈别人。她新近的书名叫作《必须原谅南方》，你瞧，连“原谅”她都要冠以“必须”这样硬挺而专断的词，这是一种身不由己的居高临下，同时也是一种对自己都毫不客气的勒令。理解了这些，你就能够理解受不得委屈的朱文颖，理解她“比窦娥还冤”的嗔怒。将近三十年过去了，她依然用最大的真实面对着文学、面对着世界也面对着自己。于是，在朱文颖身上，总焕发出某种“新人”的气场。就我的感受，这种“新人”之感，不是指向稚嫩，而是指向活力与不曾被磨损的生命力。如果你也写作了二十年，你就会明白，这是多么值得骄傲的一件事。

与前面这三位“70后”相比，接下来我要写的这三位女性作家，当年并未在画中，但她们的成就于今也是有目共睹。

鲁敏，前不久她来郑州，带着她的新长篇《奔月》。周末我猫在家里，用了两天多的时间仔细阅读了这部作品。我觉得这部作品跟以往的鲁敏稍稍拉开了一些距离，从中能够看到，如今的鲁敏又在酝酿着新变。这符合她一贯的冲劲儿——她要向前，不断地向前。相较于那种“骄傲的消极”，鲁敏从来都是“骄傲地积极”着。她在接受媒体采访时说，新作里写了“逃离”，但更多是写了“逃离”之后的“寻找与建立”。其实，我倒是从中看出了主人公在日复一日、机械地寻找中的那种深度的痴迷。我宁愿相信，那是一种深深的依赖，是每个人或许都有的一种乌托邦情绪。对于这种乌托邦情绪，我除了会发出叹息，怜恤人的无力，也会不由得致以深切的敬意，因为，当这种乌托邦情绪成为人深深的依赖时，那种只有文学甚至宗教才能书写与理解的生命阴面，便呈现在了我们的面前。读作品如读人，在一定意义上，这个判断也是成立的。由此，我不由得要拿作品去对应鲁敏其人了。鲁敏不含蓄，她不惮于谈论自己对于写作的野心，并且堂堂正正地宣告出来，在我们的文化中，这需要多大的勇气和信心。我想，写作中的鲁敏，也是在日复一日、机械地寻找中怀有着深度的痴迷，她依赖这种乌托邦情绪，将自己全部押了上去。于是，她理解自己笔下生命的幽暗；于是，那种我们常常盼望的、对于文学信仰一般的虔诚，便在她的身上得到了充分的体现。

乔叶，我们既是同行也是同事，相知相伴许多年，更是有着不同于别人的熟知，她的那些小周旋，她的那般大举措。有人带着表扬又不无讥讽地评判她“劳模”。我感叹，在写作的态度上，她是一个实实在在的劳动模范。同样，乔叶近来亦有新作《藏珠记》问世。从上一部《认罪书》到这一部《藏珠记》，乔叶写作的跨度之大，既令我感到了何以如此，又令我感到了毫不意外。感到何以如此，是我面对乔叶的写作能力时，再一次感到了吃惊，她真的是十八般武艺样样精通，上手就是行家的模样；而毫不惊讶则是因为，其实乔叶的写作能力早已经被我确知并且信任了，从散文到小说，鲜见她失过手。她就是能够从一部反省现实的沉重之作大跨度地迈到一部穿越的爱情小说，这背后，站着一个能力全面的作家，既能举重，亦能跳高。而且，“反省现实”与“穿越爱情”都只是简单的标签，在我看来，这两者之间贯穿着的，都是乔叶严肃打量世界的目光。她很积极——积极地思考，积极地以小说家的方式去处理时代那些紧迫的问题。二十年来，乔叶在变，但也一直没变，甚至可以说是以不变应万变，她只是在形式上换了很多种打法。她对现实世界的深度痴迷和介入，以及化繁为简的能力，的确让我们有更多的期待，期待着她再次给我们创造奇迹。没准儿举重、跳高之后，她下一次又发力去跑马拉松了，而且，会不出所料，一跑就给我们跑出了一个好成绩。

梁鸿是河南南阳人。南阳是我最喜欢去的地方。由于地理和区位所限，南阳的传统文化相对要完整一些。在河南，没有哪个地市比南阳的文化人多——大学生最多，作家也最多。老一些的像姚雪垠、卧龙生、痖弦、宗璞、田中禾、张一弓，都是南阳的，后来的比如二月河、周大新、柳建伟、廖华歌等。而梁鸿，我觉得是其中的佼佼者。让大多数人知道梁鸿的，是她的《中国在梁庄》以及随后的《出梁庄记》。读完这两部作品，我最深的感受就两个字：疼痛。很早以前，张宇老师写过一部作品，叫《疼痛与抚摩》。而梁鸿这两部作品，没有抚摩，只有疼痛。这种疼痛，是痛失乡村之痛，也是城市化和现代化之痛。这种疼痛，未必有对错，却掺杂着我们十之八九的情感执念。

在最近的新作品《梁光正的光荣梦想》中，梁鸿写了一个父亲的一生。其实认真想想，这是我们共同的父亲。他们被时代裹挟，精神和肉体相互分离。更为悲惨的是，它们一直在分离之中，直到支离破碎。这是个人的悲剧，更是时代的悲剧。如果说我们都不能活成自己想要的样子，我们的父亲更不能。他们多次被时代强暴和碾轧，不管他们有多强大，最终会向生活屈服，这就是他们的宿命。

在梁鸿的作品中，鲜见小儿女的作态。她的笔下有曲折的心思，也有隐秘的私情，但这曲折和隐秘往往联系着世道和人心，在很大程度上，不是“一己”的心思与私情，折射出的，是一种家国般的沉思。她的人就透着股大气劲儿，丝毫没有知识分子惯常的羸弱，写作更是锁定在宽广的视域里，以良好的学识为根本，念兹在兹地思考时代命题。梁鸿可能是我认识的最开朗的女作家了，这种气质，也符合她写作的朝向，就像，你怎么可以想象一个林黛玉会写出《中国在梁庄》呢？当然，我也知道，每一个优秀的作家都绝非一种面相的，梁鸿的开朗背后必有忧虑，甚至我想，她有多开朗，就会有多忧虑。否则，仅仅靠着开朗，她必将无法支撑起“梁庄式”的写作。我们都看到了，正是有了梁鸿的写作，“70后”一代的创作，才更加佐证了宗仁发所说的“更丰富、更复杂”。

宗仁发当年“眼前的画卷让我感到误解是人类永远的悲剧”之叹，已经洇染成时代的刺青，在信息爆炸的层层烟幕里，我们看不清彼此，也很难看清自己。所以当我写到这里，我突然感到，也许我写下的这些认知，就是上演了那“人类永恒的悲剧”。对于我的这些朋友，如此的只言片语，恐怕连“误解”都未曾达到。但是，我还是愿意信任自己一次，信任我女性的情感，在这样的情感里，凭着直觉，我就能够在一瞬间将她们赋予一个悠远的意象——婉如清扬。这个《诗经》中的句子，完全能够道出我对她们的喜爱与欣赏。她们就是新时代里中国文学现场婉如清扬一般的存在。时光已经证明而且还将继续证明，这种专属女性的存在，对我们的文学将是何等的重要。

小 友 记

鲁迅文学院“深造班”结业一年有余了，那些性格迥异却个个才华横溢的同学，我仍会不时想起。毫无疑问，他们已经是今天中国文坛的中坚力量——我之所以用“小友”来称呼他们，不是倚老卖老，更不是觉得他们的文学表现依然“偏小”，是我由衷地觉得，他们在文学无限广阔的空间里可以恣意地生长，于是，“小”才成为一种生长着的态势，成为可能性与希望的所在。我相信，“小友”们天各一方，终将撑起属于自己的那一方文学天空。

在学校期间，我就曾经写过他们，弋舟、王十月、东君、李浩……我称他们为“孩子们”，其用心，也是这“小友”之意。现在，我依然想以这样的心意，接着说说另外的几个“孩子”。

斯继东，这个被弋舟视为“义士”、被东君唤为“长人”的孩子，身在绍兴，平日里沉默寡言。但三杯两盏淡酒就能使他脱颖而出，宛若宝剑出鞘、灵光乍现。犹记得，冬夜里我们散了酒局，一行人蹒跚着回校，斯继东突然兴奋地抱起我，就地转圈。令他兴奋的，不仅仅是酒精，亦是我们正在谈论着的话题。那话题，当然是有关文学的，如今想来，也不知是哪句话令这孩子激动了起来——其实具体的话语是可以忽略不计的，我只要记得，那种同道们谈论文学时的气氛，那雪夜里突然迸发的激情，就已经足感欣慰。似乎是，当时我夸赞了谁的小说，斯继东于是开始叨咕，一句接一句地跟我说："丽姐，你要看我的小说，你要看我的小说。"我突然觉得很心痛，也很伤感，更深深地理解他这突然的激动。那是一个有尊严的沉默者开始向世界呼吁时的声音。他不是想要去炫耀什么，只是想证明给自己认可的朋友看——我的才华，配得上宝贵的情义。那一刻，我真的心生惭愧，为了没有关注过这个孩子的作品。那当然不是他的问题，是我的问题。想一想，我们不就是这样，在有限的视野里，错过了多少可贵的风景？那时，我的确没读过多少斯继东的小说，但就在他将我举起来的一瞬间，我已经信任了他的文学品质，我相信，那一瞬间我离地而起，将我托举起来的力量，是那么真实可靠而又有着金子般的质地，这是一个写作者最酣畅的表达。这样说，没有什么道理，它只是一种直觉，一种我从来都相信的文学直觉。

我的直觉没有欺骗我。当我开始认真阅读斯继东的小说时，我所感到的，正是那种被什么力量托举而起的滋味。他的作品不是很多，但整体上质量不凡。短篇《西凉》在我看来颇能代表他的写作风格——不阔大，却也不逼仄，在两极之间游刃，却也各得其所。他的小说不是那种才子型的小说，虽然没有那些所谓的潇洒，但也不因为沉着而显得笨拙。这样的作品，有种独特的气质，它几乎是含蓄的，在平铺直叙中隐含着陡峭。

弋舟视斯继东为“义士”，说的是他的精神。东君称斯继东为“长人”，说的是他的身形。他们都对，但在我理解，这“义士”与“长人”之间也是可以互换的，犹如精神与身形的统一。他高而瘦，却不单薄也不霸蛮。他写小说，显然有现代主义的诉求，但古风凛然，有着古典“义士”的风骨。他不喧哗，却也能在酒后立于楼道里纵声长啸，这就像是他的文学境遇，不是那么引人注目，可一旦发声，亦铮铮然，亦铿铿然。

斯继东好酒，我好茶，对于这位小友，我当以品茶的心情来感受。结业后渐渐和这些小友们有了更多的交流，这让我对斯继东有了更多的认识。我参加过他召集的文学活动，欣赏过他一笔卓然的书法，当然，也再次领略了他纵酒一刻宝剑出鞘般的豪情。

黄孝阳平日里同样沉默寡言，好像这是北京之外的作家一贯的风格——平日里沉默，把一肚子的话憋着，一旦遇到相宜的契机，一腔话语才喷涌而出。想要斯继东开口，用酒来启动就好；想要黄孝阳发声，你只要跟他开个“量子文学观”的头就行。这“量子文学观”，是黄孝阳的文学主张，并且据说这一主张他已坚持多年。对此，老实说我是难以尽解其详的，每每看着黄孝阳被激发着滔滔不绝起来时，我不免都会为他捏一把汗——他所说的，大部分人听来会不会云山雾罩？当他把天文术语、物理公式、数学算法乃至经济、政治、科技进步统统拉入文学观念中时，我感到自己就是在面对浩瀚的宇宙——唯知其大，不知其详，但又有着文学欲罢不能的魅力。于是，这个时候我会让自己从一个听众变为观众。我观察黄孝阳，他说些什么已经不重要了，但他说话的态度却令人感动起来。

黄孝阳胖。他就职于一家大型出版机构，工作繁忙，加之那股较劲儿的禀性，让他的胖多少看起来有些虚胖，稍微爬几级台阶就气喘吁吁。于是，当他开始阐述自己的文学主张时，这个虚胖的小友无端地便会令我心生敬意。不错，就是较劲儿。他较劲儿地说着，面色渐渐苍白，汗珠也开始冒出来，听者也得跟着较劲儿，否则便会如坠云里雾里。可是，正是这样的较劲儿，才让人心生敬意，以为那就是文学的本意。我们不就是较劲儿地执着于某些意义，才提起了自己的笔吗？有些人将写作称为“玩”，很潇洒，也很自在，可是，文学在黄孝阳这里，是较劲儿，是费力气，是面色苍白，是汗流浃背。他经年沉浸在一个庞大如宇宙般的个人思绪中，这样的品性，在如今这个略显轻浅的世相里，本身就是宝贵的存在。

黄孝阳是骄傲的。这些孩子谁又不是骄傲的呢？但是，这些已经为人父母的小友，如今都已经学会了难能可贵的谦逊。他们大约都已经明白，自己的那份骄傲，唯有兑现在写作当中，才是经得起检验的吧！

果不其然，随后黄孝阳拿出了自己的长篇小说《众生设计师》以证明“量子文学观”之真实存在。这部作品是2016年文坛引人注目的成绩之一，对它的评论已经不少，而我，除了叹服黄孝阳在这部长篇中做出的各种努力，更多的，却是想要致敬他在小说中那份“友情世界”的目光。李敬泽老师发问“昔日马原今何在”时，为我们指认了奇崛褊狭的黄孝阳，这当然是洞见，但在这部《众生设计师》里，我看到了形式上奇崛褊狭的黄孝阳，也看到了精神上温和深情的黄孝阳。这就是我所说的小友们“成长的态势”。黄孝阳像说明他的“量子文学观”一样，为我们说明了一个优秀的作家将如何变得更加宽厚与平和。

周瑄璞有股“狠劲儿”，这既是说她的写作，也是说她唠嗑的本领。有一次她回河南我请她吃饭，整个饭局基本都是她在絮叨，不过也尽是“小说家言”。这位身量不高的小友，内里却蕴含着让人刮目相看的能量。证据就是那本“厚得像城墙砖”一样的《多湾》。这部长篇小说上学时就是班里的热点，周瑄璞捧着它开发布会，开研讨会，将它沉甸甸地交在你手里，犹如呈上了不能不令人郑重对待的一个分量。是的，那就是一个分量，那不仅仅是一部小说，而且，它令人郑重对待的，也不仅仅是厚度。我甚至会想，当周瑄璞呈上的是一张纸片时，我们也将感受到一种分量。这种分量就是她对于文学的那份态度。一群作家聚在一起，大家似乎都不用格外强调文学对自己的意义和价值，似乎那是不证自明的。有时候，似乎那还成为羞于启齿的。但这样的一群人中，有一个周瑄璞，她似乎永远在身体力行地强调着文学的高贵和庄重。她要用文学来证明自己、修养自己，力图让自己也高贵和庄重起来。这是沉甸甸的盼望，是沉甸甸的分量。尤其，当这份盼望和分量对应在身量不高的周瑄璞身上时，就显得格外突出和动人了。

你可以将周瑄璞的文学抱负视为雄心甚至野心，她想成功，要成功，并且为之俯下身子，劳作一般地耕耘。如今谁还会用十几年时间写一部小说呢？周瑄璞会。仅仅如此，就已然宝贵。于是她的雄心和野心都深具精神的美感。这种风格，也许源于她身在陕西，也许源于她祖籍河南，她浸染了北方的奋斗之风，秉承了中原的不屈不挠之志。但我想，更多的，它只是源自这位身量不高的孩子深切的自尊。

自尊对于一个人何其重要。那是最可信赖的为人的动力，也是最可依赖的为文的保障。周瑄璞将自尊变成了分量，并且，将分量转化成了她文学的品质。一部《多湾》，可能是她那辈作家中的一个现实主义标杆了。但她付出的代价之巨，也是很少有人能比的，十多年的专注耕耘，让她和风生水起的同辈比起来显得“晚熟”了一些，但这样一个面貌，也让她珍视的文学尊严经得起检验和推敲。

有时候我会心疼周瑄璞。她的小身量和大抱负都让人有些揪心。有时候，我也会为她有些隐隐的担忧——《多湾》之后，她怎么办？要知道，如今的文坛，靠一部作品长期说服世界已经几无可能，她难道还能潜心十多年再去耕耘另一部《多湾》吗？这样计算，是有些世故了，但是周瑄璞有这样的人间抱负，所以我不免要跟着她一同怀着人间的忧虑。好在，她有狠劲儿，好在，我相信她能把一张纸片也呈现出城墙砖一样的分量。

冬去春来，我的小友们各自在他们的文学世界里发声且发光。虽然他们散落在四方，但只要会聚在一起，就是今天中国文学璀璨的星空。我知道，总有一天，我们会以“老友”相称，但内心里，我却顽固地希望他们永远是我的“小友”，希望他们永葆少年之气、孩子之气，永远以“小”的姿态领受不断成长的特权。这，其实就是当年梁启超先生在《少年中国说》中的美好愿景。

归 去 来

今年下半年，我成了对中国高铁贡献最大的路人之一——在北京学习三个半月，有一多半时间都是在北京和郑州之间穿梭。整天不是开会，就是在去开会的路上。

穿梭，仔细想来，这个词竟然透着那么多的辛酸和无奈。

这一年的冬天，我在北京鲁迅文学院进修，跟一些“70后”的孩子混在一起——这话估计不受待见，说是孩子，其实也都是孩子他爹了。不过以我的年龄，说他们孩子，多少还有点儿资本。我记得给张楚的小说评点时，曾经用了“张楚这孩子”，下笔之时犹豫再三，最后还是写下了，还是发出去了。打那以后，张楚“这孩子”再见我，果然多了一些乖巧，也许是乖觉，反正是跟过去不一样了，竟然是满脸诚惶诚恐的笑。这个家伙，我太欣赏他了，与作品背后那个他，判若两人，长一张老实巴交的脸，亲热得不行。以此，他的诸多缺点完全看不见了。

张楚的作品我已经品评过了，但意犹未尽。也许，人与作品之间的距离越大，作品的张力就越大？也不尽然。但是想想挺好玩的，一个这样的人，一个那样的作品，有看头儿，有嚼头儿。

我始终对弋舟保持着高度的审慎，因为，看透这个孩子确实需要借谁谁一双慧眼。莫非，“刘晓东”常年驻扎在他的身体里，因此那种隔膜与踟蹰其来有自？也许这就是如他所言的时代表征：表面随和，内里冷，怕一切一切麻烦。这孩子，看起来跟每一个人都好，其实真正跟他做朋友并不容易。因为他“是中年男人，知识分子，教授，画家，是自我诊断的抑郁症患者”，他会胡乱地给自己贴上标签，然后，像一个斯德哥尔摩综合征患者一样，被标签下的那人绑架。

不过，他的作品我还是非常喜欢的，在某些方面，我们走的路径或许是一样的，那就是，从“我”走向“我们”。这是一片开阔地带，但也不会因此让作家走上一条康庄大道。道路通达带来了诸多叙述上的麻烦，如何在旧情景新故事里闪展腾挪，很不能讨巧，确实费思量——谢有顺先生能从他的作品里打捞出“憔悴之美”，可见慧眼独具。

我是从小说《国家订单》认识王十月的。但谁给他的作品贴上了“打工文学”的标签，不得而知，好像他自己对此也有认可。我觉得，这样概括，框架有点儿小了。他的作品与其说是“打工文学”，倒还不如说是“地球村文学”更为恰当。环球同此凉热，美国气象学家洛伦兹说，亚马孙流域热带雨林中的蝴蝶偶尔扇动几下翅膀，可能在两周后引起美国得克萨斯的一场龙卷风。用这句话概括这部小说，甚妥。而且我觉得，我们的写作理念有非常相似的地方，那就是文学对现实生活的介入。他在一次访谈中曾经说过："有一些小说家关注现实，还是必要的吧。作为一个写小说的人，总不能对我们所处的这纷繁芜杂的现实无动于衷、视而不见做假寐状。"好小子，诚哉斯言！

但是，王十月这孩子，在朴素的外表下面，却是高傲的内质。其实，他的朴实是真的，有质地，能朴实到让所有人都相信他是个实在人；但高傲也没水分，瓷瓷实实的高傲。如果一个人能高傲到朴实，或者能朴实到高傲，也是非常非常了不得了——前者如柳传志，后者如褚时健。江湖还有传言，说王十月抢红包谁都不是他的对手，反应快；还传说，玩"杀人"游戏，他和东君兄最容易蒙蔽人——而今有规矩：不信谣，不传谣。这些事，我就不往深处说了。

我跟东君认识很早，好像有一次我们一起获了一个什么奖。李敬泽老师说东君："谈笑间却留心细细看了东君，我想以后我会记住他，认出他，以前记不住，因为这个江南人照例长得正规清爽，他不肯任性，留下让你记住的破绽和缺陷，但现在，我终于看出来，这个人的脸上有一种明确的记号，它叫'弱'——是必须参照《圣经》才能依稀辨认出的'弱'。"其实，我个人认为，就东君而言，这弱不是那弱。老子曰："坚强者死之徒，柔弱者生之徒……强大处下，柔弱处上。"他的弱，本质上是一种强，是一种坚韧，更是一种坚持，跟洪素手一样。

看东君的作品，得有柔弱的心情，得有坚韧的神经；得有茶，得有闲，热闹处看不得。

这些人里面，算起来我跟李浩算是认识最早的，第四届鲁迅文学奖，我们一起去绍兴领奖。那是我们俩第一次交集，但共同的感受颇多。最主要的是，我们都觉得这个奖是生生地被上帝盲目砸下来的，所谓天上掉馅儿饼。好在都没被砸晕，也没砸残，看来我俩比“猪坚强”还坚强。

要是喊李浩这个孩子，确实张不开嘴，我总觉得我们是同时代人。也许是他太显老成，我太显年轻吧！李浩待人谦和无比，那种姿势，我觉得一直是在《将军的部队》里“向一个很远的地方眺望”的姿势，在他眼前的某个人可能很难进入他的内心。这也不能被过分责怪，毕竟，向远方眺望，是大多数作家的姿态。因此我觉得，李浩的谦和善意，倒很像是一种闪避，就像一个急匆匆赶路的人，害怕别人挡住了他的视线和路线一样。其实这也是他的文学野心，好像是在一次访谈中，他曾经说到自己要做一个“野心勃勃的创造者”。能说出这样的话来实属不易，不装，是这个时代多伟大的品质啊！

说完了这几个孩子，此处肯定有感慨：还没等来春天，学习就这样结束了吗？始于冬初，终于冬末，有很多遗憾。有一天，王十月在微信圈写了一首《清平乐》，只记得有这样的句子：“多情最是难舍分 / 七八瓶酒 / 五六个人 / 一更二更三更。”依依惜别之情跃然纸上。是啊，毕竟“暮春者，春服既成，冠者五六人，童子六七人，浴乎沂，风乎舞雩，咏而归”是一个几乎唾手可得，而又总是失之交臂的愿景啊！

她有隽永的美
——付秀莹印象记

付秀莹人美，在文坛是有口皆碑的事。

这美，一目了然在外貌，却更在其内里的娴静与从容。在我看来，秀莹的美，全然是中国式的，有根底，有来路，一如她的名篇《爱情到处流传》的起始句："那时候，我们住在乡下。"这个句子，不啻秀莹对自己的认领，开宗明义，道明了自己从哪儿来，根底何在，最终朝向哪儿去。

时风中的美，我们领略过无数了，那种大张旗鼓的、来历未明的、虚张声势的，从来不令人踏实。相较之下，一句"那时候，我们住在乡下"，却美得保有尊严，在不事声张的平静中，有着对自己、对出生之地的信心。同样，在《爱情到处流传》这个短篇中，秀莹所处理的那个乡间爱情故事，在我们的文学经验中也许并不鲜见——它们大多会以邪僻的气息营造出人性的绝望。而秀莹则以一个孩子的视角，写出了大地之上人的宽厚与善意。这很了不起，毋宁说便是一个作家世界观的彰显。她视世间为美，由之表里如一，美出了可靠性。

也是从这篇小说开始，我记下了“付秀莹”这个名字。

文坛就这么大，随后我们便有了多年的交往。具体第一次因何相见，却已经记不得了。这个记不得，倒也暗合秀莹的气息。她不是那种初见时分便给你刻下记忆的女性。现在想一想，许多记忆深刻的初见，原来大多是借由“因何”而达成的，是事情的由头大过了初见之人，于是便深刻地记得了；而有些人，是大过“事由”的，他们本身就是鲜明的存在，即便无所事事地来到了你的面前，你也会记得那不用使劲儿留存竟也无从抹去的印象。那是风拂面、水绕指的记忆——

她娇小，披一头如瀑的长发，穿一件紧身的麻料斜襟白色小上衣，下面配一条粉紫色的长到脚踝的喇叭裙，走一步，会晃出一点点的手工做的棉布鞋尖儿。像极了一朵倒开的玉兰花。

这般风韵，可不全然便是中国式的吗？当然是。但中式的扮相，于今我们也见得多了，如实说，十有八九，扮出了“戏装”的架势，人和行头是隔着的，将雅致弄出了戏谑的味道。而秀莹，人生得古典，心亦生得古典。

看看她写下的那些篇章：《旧院》《笑忘书》《锦绣年代》《小米开花》《翠缺》《迟暮》《六月半》《苦夏》……直至最近的《陌上》。仅从这些篇名，便能领受到古典精神的韵致。这肯定不只是一种命名上的策略，若是如此，亦是“戏装”扮相的一路；秀莹是将此种精神孕化为根本审美了的，在一定意义上，“策略”是小说技术的要求，而秀莹的美学观在我看来多少则是有些反技术的。她的作品几无戏剧化的激烈冲突，多在寻常中着墨，比起情节的跌宕起伏，她更信任语言本身的能量。这种对于母语的信心，同样可以用那句“那时候，我们住在乡下”来比拟。她忠诚地承续着自己的文明，不为时风所动，中国古典美学中那些以韵味取胜的魅力，附丽于她的写作，让她突出地将自己与同辈作家区别了出来，也将自己与所有热衷于扮上戏装的女子区别了出来。

她是真的自信，是真的文化自信。

这种自信，让她娇小的身量内藏活力。她绝不纤弱，甚至时时会令人感到某种饱满的力量感。这便又是一奇了。要知道，所谓古典、所谓淑静，千百年下来，已经令人遗憾地与“羸弱”乃至“软弱”挂上了钩，被如此定义了的女子，何堪大任呢？但发生在秀莹身上的事实却是：除了自己写得好，在《小说选刊》做编辑，继而又被委以重任，挑起了《长篇小说选刊》主编的担子。想想也是有趣，《长篇小说选刊》，天然便是一个大块头的架势，而秀莹这样一个娇小的女子，却能负荷在肩。

有一年去山西晋城，八月天，我们俩只穿了薄裙子，旅游鞋都没带，结果山中极冷，又适逢下雨，于是我俩把所有的衣服都套在了身上。那天，我们没有去看那著名的王莽岭挂壁公路，而是窝在被子里喝茶。风景就在不远处，但不去领略又如何呢？原来，我们都是相信风景亦在心田的人。不去努着劲儿地走形式，守着内心真实的天地，是两个女性得以相互辨认的根本。那天的茶喝得不亚于王莽岭挂壁公路吧，像凿通天堑一般，我们也开凿着自己的情谊。

这些年来，我们聚在一起时很少谈论文学，谈的多是些闺中密语。其实这并不奇怪，身为女性，那种体己的情感从来都是更加值得珍惜的。我并不觉得去做一个合格的作家会比做一个良善的女性更重要，想必秀莹也会赞同。她的作品从来都不是那种野心勃勃的味道，她只倾心于顺其自然式的表达。写作这件事，在她，大约也不会重要到压倒一切。她不是那种斗士一般以血为墨的作家。或许，在一定意义上，她还是偏于消极的。但这种消极并不负面，而是一种认领自己命运的、宿命一般的安宁。不强求，她不强求，就像我们不强求冻得发抖也要去看看王莽岭著名的挂壁公路一样。

不强求，于是也就不拧巴，于是让年轻的秀莹处世极为通透。她长得娇小，却毫无骄娇之气，相反还表现得落落大方，有一种了不起的大气。多年相识，我都要佩服她什么场合都应付得来的那份得体。这得体，其实原本也简单，不过是不装而已。秀莹不装，因为她不强求什么，也因为她对自己保有信心——那些伟大的古典传统，那些唐诗和宋词构成的母语，那些广袤的乡村与田地，怎么会是白给的呢？

你看，遇到酒局她也能爽快地喝几杯，喝了酒后，细嫩光洁的脸上就飞出花来。美，真的是很美，真的是美得很中国。这份中国美令秀莹别具周全的体面。

秀莹从她的芳村走来，写了她的芳村十多年。十多年来，她几无变化，她写作的主题与风貌，好像也稳定而恒久。但我知道，时光一定会留下它的重量，在秀莹依然年轻的形象之下，她的内心必然更加富有了生命本身的阅历；而她的小说，于不变之下，实有万千的变化，从最初那种“朝向文学”，朝向了无尽的人民与广袤的大地。

这便是隽永了。她有隽永的美。我想，再一个十多年过去，时光淘洗，许多人与事都会变化，而秀莹将依然隽永地美着。

沈阳有班宇

从沈阳归来已经半月有余，我一直没有动笔。我似乎在等待着什么，但又似是而非。直至昨天我收到班宇寄来的小说集——《冬泳》。

这是一部由七个中短篇组成的合集。我读了一个下午，斜躺在沙发上，懒懒的。几个小时过去了，我甚至没有变换一下姿势，更没有像往常那样去给自己泡杯茶。小说的调子有点儿灰暗，一个时代结束了，另一个时代还没有开始。按照社会学家说法，这应该叫中间地带。其实也未必，谁跟谁的中间呢?

班宇，一个“80后”的小孩儿，精神抖擞，相貌清朗。当然，他不够高大，是他脸上那份老成持重的自信，让他看上去很敞亮。这与他笔下的人物以及故事不太吻合。班宇是春天的，有着生长的、创造的张力；他的人物是冬天的，有着停滞的、衰败的气息。看着他的小说我常常走神，其实也可能是入神。我会猜想沈阳的冬天色调，那肯定是灰白的，苍茫辽阔，看不到一丝绿。但可能恰恰是，她的冬天太深，忽然而来的春天，才更像春天。不似我们那里，冬天过去就是夏天。抑或，人在冬天里待得太久了，对春天的渴望才更强烈。正如书的前勒口处的简介：北方极寒，在他们体内却隐蕴有光热。有人“腾空跃起，从裂开的风里出世”；有人“跪在地上，发出雷鸣般的号啕”。这些个体的光热终将划破冰面，点亮黑暗，为今日之北方刻写一份有温度的备忘。

这个慵懒的下午，一种陌生的生活裹挟了我的感官，充满了刺激和窘迫。班宇做到了，他用扎实而绵密的叙事，勾勒出一种别样的生存状态，让你可以清晰地看到与你近在咫尺却又判若云泥的另外一副生活模样。我觉得此时沏一杯香茶，甚至看一眼窗外热烈的景物，都会毁坏小说营造出的那种氛围。于小说故事，茶显然过于优雅，也过于浅显。就这样一直读下去，被牵引着，毫无阅读障碍。突然，有人按响了门铃。我从故事里被劫持出来。看了一下挂钟，恰好是下午四点半钟。我迟疑地把门打开了一条缝，只够让她看见我的半边裙。一个年轻女人错愕地看着我，并开始道歉。她说找错人了。她要找的是什么人？这个人的家难道只有男人？我再问她到底找什么人，她迅速地逃掉了，甚至没有来得及乘电梯。

突然进入另外一个故事，真不知道是不幸还是万幸。我已经成为班宇小说里的人物，像溺水一样地沉入沈阳；被动地、含混不清地，被愚弄了一下。

那天下了飞机，沈阳市委宣传部副部长刘壮野接到我。这个高大而热情的东北爷们儿问我，有没有来过辽宁？我说没有，并补充说大概与辽宁无缘。许多省份去了再去，却唯独没有来过辽宁。两天后我才醒悟过来，我去过大连数次了，如何完全没有把大连和辽宁连在一起？其实这样的事也不仅仅发生在我身上，似我这般把大连和沈阳“混为二谈”的有不少人。大连，到底属于哪个省？如果猛然间问一下，肯定有人答不上来。

之前有人跟我说起过，不管你走过多少城市，如果你没到过沈阳，你就不能说走遍了中国。这话至少是十几年前说的。谁，又是因为什么说到这个，已经基本忘了。他是沈阳人吗？不过也无所谓，到没到过沈阳，大家都会说起沈阳，说起辽宁，中国的老工业基地，“共和国工业长子”，那是何等的威武！

沈阳的工业，好像不是钢浇铁铸的那般，而是有性情的活物，是一点儿一点儿生长出来的。天津老工人肖克凡看完宝马铁西工厂，激动得夜不成寐，连夜写出了《重返故乡满眼新》。第一次到沈阳，直把沈阳当天津，到底是工人阶级一家亲哪！肖克凡，这个名满天下的作家，到哪儿都始终保持着工人阶级的阶级恒温，也确实难得。

男人和女人的关注点永远不在一个频道上，我觉得知道这些事物就足够了。在沈阳，除了工厂，我更想看看城市、逛逛沈阳的商场。恍惚间，又被宜人的、微凉的沈阳的夏天给迷醉了。熙攘的人群，阔绰的消费，都彰显着一座城市的繁盛。关于沈阳、关于东北的那些锈迹斑斑的谣言，显得多么浅薄可笑。天空疏朗而高远，地面有大片空旷的土地，草木葳蕤，毫无压迫感。

眼前的一切，跟我心目中的沈阳——一个老的工业城市，差距实在太大了。沈阳没有老工业城市那种沉重。沈阳是轻松的，至少是举重若轻。在这里完全可以让自己放松下来，看看蓝天白云，看看花草，当然，还有沈阳的故宫。我想知道努尔哈赤和他的妃子们的生活原貌。电视剧曾经做过无数次努力，试图掩盖历史的真相；客观上，也的确把历史搅成了一池浑水。历史真的如此脆弱吗？站在阔大巍峨的宫殿前，我一度迷惑不已。

沈阳故宫并不比北京故宫逊色。北京故宫是 15 世纪 20 年代由明永乐皇帝朱棣建成的，而沈阳故宫则是 17 世纪 30 年代由努尔哈赤和皇太极建成的。一边是汉文化传统建筑，一边是杂糅了汉、满、蒙等民族文化的建筑，但整座宫殿的设计相似度却甚高，可见中华各民族的融合古来有之。

从公元前 300 年燕国遣大将秦开在此建立侯城算起，沈阳建城已经有两千三百余年历史了。1625 年，清太祖努尔哈赤迁都于此，更名为盛京。"一朝发祥地，两代帝王都。"沈阳的文化底蕴之深厚，由此可以详见。

参观张氏帅府的游客络绎不绝。让我感兴趣的，不在宅邸的宏阔，也不在已经标志着行使国家政权的张作霖的造币中心和地下银库。我更关注的是曾经深刻地改变了中国历史进程的张氏父子，他们有着怎样的思维逻辑和行事风格？尤其是少帅张学良，他的感情生活，没随历史的演进而风流云散。据说当年张学良和赵一荻已既成事实，大帅为了儿媳于凤至的面子，只同意将赵安置在别院。让我意想不到的是，别院只与帅府一墙之隔，奢华程度比府内有过之无不及。于凤至知晓赵小姐爱跳舞，甚至在别院还专门规划了舞厅。于凤至或许以为，在自己的家里寻欢总比别处作乐更安稳些。后人都夸奖于凤至大气，那个时代，一妻多妾实属正常。

沈阳是一个有故事的城市，这与她近一两百年来的历史流变有很大关系。即使现在，东北与关内还是有着文化区隔。随处可见的东北女子个个眉阔目浪，高声快语。男人幽默风趣，交谈中的冷笑话能将人笑翻。

夏天到沈阳度假也应该是一个不错的选择。这里气候适宜，人文环境甚佳，静谧祥和却又充满着勃勃生机。沈阳人爱美，衣着讲究，仔细打量一下，陪伴我们的女孩子身上穿的用的都是名牌。随行的佳怡告诉我，沈阳夏季最高温度也就三十二三摄氏度。我说郑州很热，持续的高温能长达一个多月，女孩子们想不穿得袒胸露背都难。沈阳女孩子大约没有机会穿暴露装。她说，才不，我们照样穿短袖背心，零下三十摄氏度的冬天也穿，羽绒服里面搭配短袖也是有的。想想就够馋人的，羽绒服搭配短袖，倒是一道风景。从女孩子的装束能够看出沈阳商业的繁盛，商业街熙攘的人流让人惊讶。最近偶然逛了北京的两家商场，安静得叫人不好意思驻足，营业员热情奔放，恨不得把零落的顾客吃掉。沈阳一如既往地热闹着，这不能不说是一个奇迹。

下午四五点光景，道边小馆子的门口已经陆续坐满客人，喝啤酒、吃烤串。据说沈阳的烤串是一等一的好。到底是忍受不了诱惑，晚饭后我们一干人进了一家烧烤店，烤肉超赞，海鲜鲜得令人咂舌。连我和著名的龙一这等吃货也禁不住连连盛赞。已经是夜里十点多了，小店里还在不断地翻台，男朋友带着女朋友吃，儿女带着老人吃，小夫妻带着孩子吃。扦子一堆，酒瓶子一片，人声鼎沸，沈阳人的大嗓门就是这样练出来的吧。

沈阳人民的吃穿享乐，与南京、北京、开封、西安这些皇城根儿的文化是否一脉相承？天子脚下的民众，对于吃是不是情有独钟？民以食为天，也许是他们的文化优越感呢！容易饱腹的人，也容易满足，说是现世安稳也好，说是不思进取也罢。不过，想想清朝的那些先祖，日子大约清苦居多，后宫嫔妃们的居舍并不阔大，甚至可以说是逼仄。夏天还算舒适，冬天零下二三十摄氏度的天气，风比刀子还要锋利，取暖设备又大不如眼前。女子只有将身子裹在厚重的袍子里，姿容亦是冻僵了的。一整个漫长的季节，洗一次澡大概都不容易。宫中美女如云、环佩叮当的画面，全是凭后人想象出来的，更不要说山珍海味，每天吃顿杀猪菜已经够皇宫外的百姓们羡慕嫉妒恨了。清朝的皇帝从北京回沈阳祭奠一次祖先，要走两三个月，像一次浩浩荡荡的大迁徙。想到此，眼前的沈阳人民确实应该知足了，去一趟北京城也不过三四个小时，冬天的暖气烧得让人上火，口袋里装两百元钱就可以放开肚子吃串喝啤酒了，还要什么样的幸福呢！

最后还是要说到班宇。班宇是现世的，也是文学的。班宇为我们创造了另外一个沈阳，一个感性却又不感伤的沈阳。班宇的小说让人看到辽宁文学的今天，他可谓沈阳青年的代表人物。在他身后的“80后”，已经蔚为大观，这是一个未来可期的文学群体。我们已经看到他们在起跑，也期盼着他们爆发。正如沈阳，这样一个喧腾的、生机盎然的城市，一定会给世人一个意外的惊喜。

玉　碎

大观园中，探春是一个拿得起放得下的主儿。先从她的拿得起说起：大总管凤姐生病，园内的事务交由李纨和探春定夺，在下人看来，“便添了一个探春，也都想着不过是个未出闺阁的年轻小姐，且素日也最平和恬淡，因此都不在意，比凤姐儿前便懈怠了许多。只三四日后，几件事过手，渐觉探春精细处不让凤姐，只不过是言语安静，性情和顺而已”……

王夫人被人撺掇，决计抄检大观园。大家无不噤声，但到了探春这里，却遭到公开的抵制，而且从此可以看出探春的勇气和担当。“探春道：‘我的东西倒许你们搜阅，要想搜我的丫头，这却不能。我原比众人歹毒，凡丫头所有的东西我都知道，都在我这里间收着，一针一线，她们也没的收藏，要搜，只管来搜我。你们不依，只管去回太太，只说我违背了太太，该怎么处治，我去自领。’”王善保家的不知深浅，竟然对探春搜身，换来的结果却是：“只听啪的一声，王善保家的脸上早着了探春一掌。探春登时大怒，指着王善保家的问道：‘你是什么东西，敢来拉扯我的衣裳！我不过看着太太的面上，你又有年纪，叫你一声“妈妈”，你就狗仗人势，天天作耗，专管生事。如今越发了不得了。你打量我是同你们姑娘那样好性儿，由着你们欺负她，你可就错了主意！’”

拿起就拿得风生水起，而放下则放得纹丝不动。探春被父亲定好一门亲事，要远嫁千里之外，虽然心里有百般的不愿，但还是毫不犹豫地答应了。她怕众兄弟姐妹担忧，反而一一地安慰他们。“次日，探春将要起身，又来辞宝玉。宝玉自然难割难分。探春便将纲常大体的话说得宝玉始而低头不语，后来转悲作喜，似有醒悟之意。于是探春放心辞别众人，竟上轿登程，水舟车陆而去。”

这不仅仅是聪明，更是智慧；不仅仅是通透，还是练达。在她所生活的那个社会和环境之中，某些时候坚持就是放弃，而放弃就是坚持。探春深深地懂得这一点，这也是只有她在金陵十二钗里得以善终的主要原因吧！

十二钗里的妙玉与探春比起来，性子倒要暴烈得多。不管老少贫富，很少有人能入她的法眼，即使是一言九鼎的贾母，她也并不十分放在眼里。贾母带刘姥姥和一干人等去她那里喝茶，她只让贾母用“旧年蠲的雨水”。而把黛玉、宝钗让到里面喝体己茶，后来被宝玉发现，反倒落了一顿奚落：“宝玉细细吃了，果觉轻淳无比，赏赞不绝。妙玉正色道：‘你这遭吃的茶是托她两个福，独你来了我是不给你吃的。’宝玉笑道：‘我深知道的，我也不领你的情，只谢他二人便是了。’妙玉听了方说：‘这话明白。’黛玉因问：‘这也是旧年的雨水？’妙玉冷笑道：‘你这么个人，竟是大俗人，连水也尝不出来。这是五年前我在玄墓蟠香寺住着，收的梅花上的雪，共得了那一鬼脸青的花瓮一瓮，总舍不得吃，埋在地下，今年夏天才开了。我只吃过一回，这是第二回了。你怎么尝不出来？隔年蠲的雨水那有这样轻淳，如何吃得？’”

这“如何吃得”四个字用得甚妙，活脱脱一个不食人间烟火的主儿。

茶杯仅仅因为刘姥姥用了一下，她就坚决不要了，而且放狠话说：“这也罢了。幸而那杯子是我没吃过的，若我吃过的，我就砸碎了也不能给她。”

果然是“云空未必空”啊！遁入空门，却被满心的俗事拖累，只能是既无此岸又无彼岸的恓惶。心比天高者则命比纸薄，最终还是落入“千红一哭，万艳同悲”的宿命里。表面上看来，她既非穷途末路，也不是无一技之长。之所以不低头，不过是自以为有所依凭罢了——有时候，盲目的恃才傲物，不过是把穷酸当成了清高。

如妙玉一般刚烈者，在红楼里比比皆是：黛玉、晴雯、金钏、尤氏姐妹……而与探春比起来，更会左右逢源者亦不少，比如宝钗。我觉得宝钗是一个始终被误读的人物，之所以被误读，主要是在《红楼梦》第二十七回里的一段描写，似乎让人窥出她的心机之深：

“宝钗在外面听见这话，心中吃惊，想道：‘窗户一开了，见我在这里，她们岂不臊了。况才说话的语音儿，大似宝玉房里的红儿。她素昔眼空心大，最是个头等刁钻古怪的东西。今儿我听了她的短儿，一时人急造反，狗急跳墙，不但生事，而且我还没趣。如今便赶着躲了，料也躲不及，少不得要使个金蝉脱壳的法子。’犹未想完，只听咯吱一声，宝钗便故意放重了脚步，笑着叫道：‘颦儿，我看你往哪里藏！’一面说，一面故意往前赶。那亭内的红玉、坠儿刚一推窗，只听宝钗如此说着往前赶，两个人都唬怔了。宝钗反向她二人笑道：‘你们把林姑娘藏在哪里了？’一面说一面走，心中又好笑：这件事算遮过去了，不知她二人是怎么想。谁知红玉听了宝钗的话，便信以为真，等宝钗去远，便拉坠儿道：‘了不得了！林姑娘蹲在这里，一定听了话去了！’坠儿听说，也半日不言语。红玉又道：‘这可怎么样呢？’坠儿道：‘便是听了，管谁筋疼，各人干各人的就完了。’红玉道：‘若是宝姑娘听见还倒罢了。林姑娘嘴里又爱刻薄人，心里又细，她一听见了，倘或走露了风，怎么样呢？’”

作为一个客居者，与黛玉比起来，宝钗与贾府的关系毕竟要远一点儿，所以担待也小很多。她处处小心，广积人脉，除了改善自己的生存环境，同时也能给别人取暖，何错之有？即使对待黛玉，她也是一片真心，所谓与她争夺宝玉的猜测终是妄言。她时时处处为黛玉着想，最终还是把这个“冰人”给感动了：“往日竟是我错了，实在误到如今。细细算来，我母亲去世得早，又无姊妹兄弟，我长了今年十五岁，竟没一个人像你前日的话教导我。怨不得云丫头说你好，我往日见她赞你，我还不受用，昨儿我亲自经过，才知道了。”

其实从整个《红楼梦》看下来，人物大体上分为两类：有人活得张扬，宁为玉碎；有人活得低调，愿为瓦全。薛宝钗肯定是属于后者。不过，我宁愿认为，宝钗虽然不算谦谦君子，但也不是个势利小人。难道仅仅因此便该遭人诟病吗？站着说话不腰疼，一如我者喜欢《红楼梦》的人，有几个在人格和人品上可以跟薛宝钗相比？她的宽容、善良、大气、果敢和学识，又有几个人能赶得上？

而且在宝钗的“瓦全”里，很少有她自己的私心作祟。家里除了寡母，还有一个烂泥扶不上墙的哥哥。如果没有她的周全和经营，这个家庭最终将支离破碎。对她来说，这就是她的人生大局。家外她也常常与人为善，尽力帮助和周全别人。她设身处地照顾林黛玉、史湘云、邢岫烟等姐妹；香菱没有她的保护，恐怕早就香消玉殒、死无葬身之地了。也许在宝钗她们那个时代，人只知道该怎么活，很少关心为什么活。难道现在我们终于知道为什么活了吗？

实际上，我们已经进入了这样一个时代：所有事情的意义正在被无情地解构，且多是以科学或者学术的名义进行的。这既不是一个好时代，也不是一个坏时代。不好不坏也许并不意味着什么，但当这个时代突然捕获一个人并将之纳入自己的逻辑和秩序的时候，则一定要意味着什么——好或者坏。没有人可以放言自己可以永远躲过不幸，某一天，周围的一切依然如故，所有人都在按照自己固有的方式生活，只有你从生活的链条上突然滑落了，坠入一个你认为永远不会落入的境地，你才会深深地体会到，所谓命运无非是这样一种东西：除了死亡的结果是你预知的，其他的一切，在没有发生之前，你都是无法知晓的，甚至一点儿先兆和口信儿都没有，但又必须硬着头皮去经历它。

而如果你再回首看看自己的生命痕迹，就会发现其中有许许多多的不如意，像砂眼一样掩埋在我们的历史陈迹里。开始，你不服输，总要去较劲儿，以为这一生可以有很多种活法——即使只有一种活法，也一定要选择自己的活法。毕竟我们只有一次生命，我们不抛弃、不放弃，而且从头到尾就看不开、就不信邪、就不松手——以为看开就是逃避、就是不敢面对。宽容就是投降，而投降是可耻的。可是到了最后，你才感到那些砂眼不是在这里漏水，就是在那里透气，让你防不胜防。于是，你终于看开了、松手了、妥协了。其实对谁来说都一样，人没有更多的活法，只有一种活法，而且绝大多数是你不愿意过的。所以，宁为玉碎只不过是可以壮壮胆；而甘为瓦全，却实实在在地可以用来为自己撑腰。如果把这个问题想通了，也许剩下来的就是该为什么玉碎、该为什么瓦全的厉害选择了。其实，人生最值得一过的，无非是用“玉碎”的心态，去做“瓦全”的事情。

我读《巴登夏日》

卡尔维诺在《为什么要读经典》中说："经典作品是这样一些书，我们越是道听途说，以为我们懂了，当我们实际读它们，我们就越是觉得它们独特、意想不到和新颖。"这话对读书人和写书人来说，都相当经典。不用找极端的例子，有很多我们耳熟能详的经典作品，读得越多，反而对它越陌生。没有人敢说读懂了《红楼梦》，不管你读过多少遍，总是能找到它的"独特、意想不到和新颖"。

过去，我非常喜欢读俄国作家的作品，他们的经典意味，往往不是一两句话能够说清楚的。不过，我很久没有读过了，倒不是因为懒，而是与这个时代有着很大的关系——不可否认，时代也在不断变换着我们的阅读口味。我认为对一个作家而言，"回到俄罗斯"是一个巨大而艰难的心灵工程。

当然，对于中国作家，"回到俄罗斯"还远远达不到成为一个问题的高度，因为我们从来就没有进入过它；从模仿到放弃俄国文学，我们没有任何一个作家的作品有过真正的俄罗斯内涵。我记得李敬泽老师说过，欧美国家的作家大多是匠人，而俄国作家大多是圣人，他们的救世情怀和宗教虔诚是举世公认的——与欧美当代作家比起来，俄罗斯作家们的弥赛亚情结非常之浓，使他们的作品看起来沉重异常。那深深地嵌入俄罗斯民族精神之中的对周围世界的关注和对自己内心的反省，是俄罗斯文学经久不衰的精神柱石。

最近，偶然读到一本小书《巴登夏日》，这是一本永远也进入不了畅销书行列，却又让你读了一次很难放下的作品。它被著名书评家苏珊·桑塔格誉为“20世纪最后一部伟大的俄语小说”。作品从拜谒《罪与罚》的作者费奥多尔·陀思妥耶夫斯基的故居之旅开始，到作者进入陀氏的故居结束，内容到形式都很像一篇随笔，但它确实是一部不折不扣的小说。作者的高明就在于，他在不经意的叙述之中，让读者跟随他的叙述视角逐渐进入陀氏的生活，从而让我们不由自主地完成了对历史与现实、小说中的人物与我们自己、周遭世界的癫狂与我们内心世界的纷乱周而复始的观照和反省——这是一次神圣而又惊心动魄的精神之旅，我们穿越的既是一个人的生命历程，也是一个国家幽暗的文化历史隧道。

《巴登夏日》的作者列昂尼德·茨普金与陀氏一样出生于医生世家，成长的道路也很相似，虽然他没有因为政治原因遭受清洗，但由于犹太家庭出身而备受磨难。他的祖母、叔叔、三个姑姑和两个表弟，均在苏联的排犹运动中被杀害，父亲以终身瘫痪的代价从狱中脱逃而得以保全性命。茨普金写过大量的诗歌、散文和小说，但生前一部作品也没发表过——他的作品是写给自己看的，最多是亲近的人才能偶尔读到——《巴登夏日》也是由合众国际社的一对记者夫妻冒险带出苏联，才得以在美国发表。也许正因为它是作者写给自己的作品，才更能在内敛之中感受到他对生命意义鞭辟入里的解读："于悲观之中夺取了仁慈，于谎言之中夺取了真理"，于遍地荆棘之中夺取了爱。

在这部作品中，作者反复叙述的细节实际上只有四个：陀思妥耶夫斯基与妻子安娜的床笫之欢、反复歇斯底里发作的赌瘾、劳改营里所受的屈辱，以及他在俄国文学圈里的浮沉。这样的细节极具代表性，它们让陀思妥耶夫斯基这个伟大的天才在神与魔、天与地、理想和现实之间痛苦地穿越。"他们一大针脚一大针脚地游着，胳膊同时甩出水面，并同时大口吸气，投身汹涌的海浪中，离海岸越来越远，但他几乎每次都被迎面而来的海浪打到一边，甚至差点儿后退——他追不上她了，可她仍然有节奏地甩着胳膊，消失在远处，他感到自己不是在游泳，而是在水中挣扎，蹬着腿试图踩到水底，慢慢地，这股打得他连连后退以至于跟不上她的激流，竟奇怪地变成了典狱官那闪着恶光的黄眼睛，变成了他自己在处罚室脱去囚衣、趴到已经被无数人的身体磨得光亮的小橡木桌上时的慌乱，变成了树条鞭雨点般落下来时他未能忍受住的呻吟……"——这就是我们在作者笔下能够体验到的夫妻鱼水之欢，也许它只是在集权政治体制之下所有"有独立之精神，自由之思想"的知识分子，在灵与肉之间痛苦挣扎的镜像而已吧！

而在豪赌的世界里，陀思妥耶夫斯基更像是在体验生命的极致，他不是在赌输赢，而是疯狂地攀登内心的一个高度，“他去魏斯曼店将大衣典当了十五马克银币，然后直奔赌场，一般来说，一天的头两三局他都会赢的，可这天竟反常到开局就输光了十五马克”，“恰逢冈察洛夫从楼梯上下来，看见陀思妥耶夫斯基，冈察洛夫一言不发，又上了一级台阶，然后掏出钱袋，取出三枚金币，递给陀思妥耶夫斯基。他接过钱，连连鞠躬感谢，然后转身走出酒店，往车站大楼跑去。这三枚金币一眨眼的工夫就输光了，就好像他怀着一种必输的癫狂的意愿似的”。而对于这一切，陀思妥耶夫斯基并没有觉得是挫败，反而认为只有他才配体验这种罪恶的堕落，“他们无权体验这种他正深陷其中的令人眩晕的下滑——伤自尊的只是某种固守中庸和理智的中间物，比如他们——只有那种能使人翻身的，具有感染力并让人忘乎一切的思想，方能让人自由，哪怕实现这一思想的方式是一种罪过，也要坚持下去”……

在茨普金的叙述中，我们几乎看不到一个伟大的作家，他是一个赌徒、一个歇斯底里症患者和一个翻脸不认人的变态狂——难道他不是真实的《罪与罚》的主人公拉斯科尔尼克夫吗？他在社会底层被多次碾轧和伸展，即使肉体变成一个被反复捶打的拓片，却依然保有饱满而尖锐的思想——也许这就是伟大的本质意义之所在。

这部作品是一部文学狂想曲，它迷人的细节所具有的穿透力，使我们在平平常常的语言夹缝里能深深地感受到作者无限的悲悯和不可一世的癫狂。也许从内心来讲，那是一种居高临下的狂喜或声嘶力竭的宣泄。

这部小说的语言特色也不可小觑，它几乎让人喘不过气来的长句式，对过去的文学传统是一种颠覆——他在几乎是透不过气来的阅读束缚中，给予你最大的想象自由，而且这样的长句式并未影响叙述的简洁——简洁的意义就是，在最小的语言平方面积里，积聚着最大的思想：他的所有下滑的理论都不管用了，它们的存在只是为了使他滚落时不那么痛，是他给这些理论罩上了光环——而我们不也经常这样吗？陷入困境的时候，我们就欺骗自己，臆造什么理论安慰自己、减轻痛苦——陀思妥耶夫斯基在服苦役的时候也是这样，近乎病态的自尊从来没有屈从过遭受的屈辱，而解决的办法只有一个：把受辱看成一种成就——“我遭受苦痛，并从中受益。”

阅读《巴登夏日》会有与阅读陀思妥耶夫斯基的作品一样的感受，那就是历经苦痛之后的平静和澄明，也可以荡开去说，所有能让我们参与心灵之旅的作品，都让我们又经历了一次人生。

《金瓶梅》杂谈（一）

如果不是成为一个专业作家，我觉得我一辈子也不会再有兴趣重读《金瓶梅》。

第一次翻阅《金瓶梅》，我还在郑州上大学，那时候刚开始谈恋爱。偶然的一天，我陪男朋友到省里某个研究所拜访他的老师——一个研究中文古籍的学者——就是在那里，我第一次见到了绣像本的《金瓶梅》。只听人说过，这是一本不好的书。心情很复杂，既抵触又好奇。当时这本书还没解禁，市面上根本见不到。老师之所以能弄到这部书，是作为研究之用被国家特许批准的。那天下午他们坐在客厅喝茶聊天，我则躲在书房里翻看着这部被张竹坡赞为“天下第一奇书”、名满天下也谤满天下的“荒淫之书”。因为有着积蓄良久的心理障碍，匆忙里从头翻到尾，丝毫也没有找到看《红楼梦》时那种爱不释手的感觉，倒是觉得其中的插图和内容有不少的龌龊，令人不堪入目，看了之后确实有一种深深的负罪感。仿佛是做了错事，竟然一句没敢对男朋友提起。可能这种阅读体验与当时的时代风气也有关系，那是 20 世纪 80 年代中期，虽然已经改革开放了，但离思想的真正解放尚待时日。

我开始读《红楼梦》，年龄只有十来岁吧。我识字较早，因为那年头家里孩子多，也没人照管，五岁就开始跟着哥哥们上学了。

很显然，其他几本书吸引不了我，感兴趣的只有《红楼梦》。一个完全陌生的世界，一颗不谙世事的小脑袋，又是惊奇又是羡慕。虽然开始读是囫囵吞枣式的，但是里面的故事还是深深地攫住了我。其后每隔几年就要拿出来读一遍。好像是蒋勋老师说过，《红楼梦》即使读过一百遍、一千遍，拿起来再读，仍然能读出新的东西。所以，一直到我再次细读《金瓶梅》之前，我始终觉得中国最好的小说，非《红楼梦》莫属。《金瓶梅》如何能同《红楼梦》相提并论？

转变来自我跟某个评论家的一次聊天。那回我们一起参加一个文学采风，报到的当天下午没有安排集体活动。我们坐在宾馆二楼茶馆里喝茶聊天，不知怎的就说起了《金瓶梅》。他说这部书比《红楼梦》写得好。当时我非常不以为然，一来评论家习惯于夸大自己的主观感受，说的事情自己也未必坚信不疑；二来不管怎样，过去也算是翻看过此书，个人认为粗鄙不堪，没留下什么好印象。

后来他极其认真地对我说，一个作家，不看《红楼梦》未必是什么缺憾，不看或者不会看《金瓶梅》，肯定是一大缺憾。但此书不能随意翻看，那等于是亵玩。你只能细细品读，要有敬畏之心。估计读不了一半，你就会有我这样的感受。

因为——他郑重其事地对我说——这是写给作家看的书。

他诚恳的态度和语气，也不免让我认真起来。联想起台湾作家张大春在一次文学讲座上，数次谈起《金瓶梅》，他也说比《红楼梦》写得好。

看来是需要再读《金瓶梅》的时候了。

我在《金瓶梅》附录里，看到清人张竹坡说的一段话，他说："《金瓶梅》不可零星看，如零星，便止看其淫处也。故必尽数日之间，一气看完，方知作者起伏层次，贯通气脉，为一线穿下来也。"又说，"读《金瓶梅》小说，若连片念去，便味如嚼蜡，止见满篇老婆舌头而已，安能知其为妙文也哉！夫不看其妙文，然则止要看其妙事乎？是可一大揶揄。"

看来这读《金瓶梅》的姿势还真不好拿捏，轻了重了都不行。好在后来赴北京学习几个月，有一段相对比较完整的时间，我真的就找了一套词话本、一套绣像本《金瓶梅》对比着来看。当我看到武松和潘金莲的一个桥段，突然来了兴趣，好像找到了某种阅读感觉。那一段是这样写的：

那妇人便道："奴等一早起。叔叔，怎地不归来吃早饭？"武松道："便是县里一个相识，请吃早饭。却才又有一个作杯，我不奈烦，一直走到家里来。"那妇人道："恁地。叔叔，向火。"武松道："好。"便脱了油靴，换了一双袜子，穿了暖鞋，掇个杌子自近火边坐地。那妇人把前门上了栓，后门也关了，却搬些按酒果品菜蔬入武松房里来，摆在桌子上。

我是被“油靴”这个物件击中的。当时我眼睛一热，心一下也热乎起来。这是我多么熟悉的东西啊！记得我们小时候，假期无人照看，每逢寒暑假父母便会把我们送到外婆家去。记忆最深的是寒假，如果遇到下大雪的日子，乡下人一般都猫在家里不出门，一来是为了取暖，二来也是出门有较多的不便，交通就是其中一例。乡下人没钱买胶鞋，就把做好的布鞋，里外都用桐油油上几遍，晒干后当成胶鞋穿。我外婆所在地的豫东方言，就把那种靴子叫作油靴。武松穿的不就是那个物件吗？而且也是在大雪天穿的。书中是这样记述那个雪天的情景的：

当日这雪下到一更时分，却早银妆世界，玉碾乾坤。次日武松去县里画卯，直到日中未归。武大被妇人早赶出去做买卖，央及间壁王婆买了些酒肉，去武松房里簇了一盆炭火。心里自想道：“我今日着实撩斗他一撩斗，不怕他不动情。”那妇人独自冷冷清清立在帘儿下，望见武松正在雪里，踏着那乱琼碎玉归来。

这一幕，我觉得是理解潘金莲最好的场景和入口，也是作者的高明所在。设身处地想想，一个二十出头、如花似玉的女子，辗转于男人之手，数次遭遇不幸，最后落在“身不满尺的丁树，三分似人，七分似鬼”般的武大手里，遇到有“千百斤”气力的打虎英雄而陡生情愫，实乃人之常情。如果再联系到后面武松归来，找潘金莲报杀兄之仇，那潘金莲“还在帘下站着”看武松，那种复杂而微妙的心情，有几人可以懂得？

作者只用了四个字来形容当时潘金莲对武松的感情：“旧心未改。”这与随后武松寒光闪闪的“持刀杀”搁在一处，真可谓字字千钧。

潘金莲可爱之处可爱，可恨之处可恨，可怜之处也的确可怜。

总之，我因为发现“油靴”而欣喜，后来好几次谈及写作的时候，我都会提及这个事，并讲起我在豫东外婆家的童年。再后来，有一次到南方采风，我又提起这事，结果一个年轻的作家说，你说的这个油靴，在《水浒传》里就有。当时我还不大相信，回去翻看《水浒传》，果真这一段是从里面原原本本一字不落地抄下来的。当时我很诧异，《水浒传》我也算认真地读过一遍，为什么没有发现这一点，而在《金瓶梅》里反而轻易就看到了呢？

说实话，《水浒传》这部小说我是无论如何也喜欢不起来，但也不至于粗糙至此啊！不过再仔细想想，道理已在其中：《水浒传》看的是顶天立地的英雄大剧，是那种快意恩仇的江湖恩怨和雕弓快马、高举高打的热闹；而《金瓶梅》看的则是家长里短的烦琐细节，看的是眉眼之间的那种流转，看的是油靴、煮茶、穿衣这样小小的、细微的日常。再一个说，《水浒传》里的英雄好汉，都是半人半神的人物，最后闹得跟《封神榜》差不多。而在《金瓶梅》里，他们则还原成了普通人：武松会耍鬼心眼儿，潘金莲也有忠厚之处——在《水浒传》中，潘金莲只是烘托打虎英雄的一个道具，被置放在舞台边上，若明若暗，时鬼时妖；而在《金瓶梅》中她就是主角，她站在了舞台中央，我们必须时时刻刻盯住她，看清楚她的一颦一笑，看清楚她的唱念做打，看清楚她像我们一样的美丽与哀愁。

《金瓶梅》之所以好，就是好在它还原现实的能力，那种贴近生活热气腾腾的感觉，是其他文学作品所没有的。《红楼梦》有千般好，但毕竟才子佳人，琼楼玉宇，高处不胜寒。为个宝黛的爱情痛了几十载，人到中年，终于明白那是他人的事情。纵然故事百转千回，令人愁肠百结，但毕竟缺乏蒸腾的生活气息，那如梦似幻的情景远远隔开我们，徒令我们生羡和自卑。《金瓶梅》则是土灶瓦屋，是跟我们最贴近的烟火家常。《红楼梦》里的金童玉女，我们永远也见不着；而《金瓶梅》里的人物，不管是西门庆还是潘金莲，总是常常与我们劈面相逢。

我常常想起我家先生家乡那些三姑二嫂、左邻右舍，其中不乏未婚先孕、离婚再嫁、与人苟且，为了养家糊口什么都肯做的人。她们大字不识几个，却个个口齿伶俐，得了好的时候唇舌吐蜜，仔细得体；吃了亏粗俗起来能骂得狗血淋头，哪里还论得了廉耻？窝囊一世都能糊涂着过，却偏会为一句口角悬梁自尽。死了便死了，埋了便埋了，“亲戚或余悲，他人亦已歌”。将这些人物写在纸上，可不就是宋蕙莲、王六儿？甚至李瓶儿、孟玉楼也是一样一样的。应花子、谢希大、玳安，更是比比皆是。那些生活在底层的人，常理中的道德原则是坚持不起的。他们卖力地活着，只不过为了养家糊口而已。如果能在人群中掐个尖儿，哪怕是短暂的、片刻的时光，让别人羡慕一下，亦足以成为长久的谈资。

兰陵笑笑生，是一个真正走出书斋的伟大作家。他以极大的悲悯冷静的笔触，一五一十地临摹身处的市井——那市井，竟然可以延续到当下。小家人的寒热，大家族的悲欢，处处都可与周遭的人事“接榫”。深深地沉浸到他们的生活里，你会突然不再鄙视书中的任何人，大家各自为生计周旋，设身处地，也着实让人揪心。

我终于认同了评论家朋友的话，《金瓶梅》确实是好！即使不能说比《红楼梦》写得好，至少比它写得不差。尤其是自从它在故事发展上跟《水浒传》分道扬镳之后，你一脚就会踏入活色生香的世俗生活，竟令人乱花迷眼、欲罢不能。

《金瓶梅》杂谈（二）

我十来岁的时候就开始读《红楼梦》，凡三十余年，基本没有中断过。一直以来，同很多人的观点一样，我觉得这是一本最符合中国人的阅读传统，也是具有最高文学价值的中国古典名著。

大概是 20 世纪 80 年代初期，我大学的一个老师因为“批判的需要”，从内部得到一部当时的禁书《金瓶梅》。彼时通过公开渠道是买不到这套书的，尽管是一套洁本，重点章节均欠缺。出于好奇，我简单地翻了翻，最终也没有找到古人雪夜读禁书的那种滋味。

从事专业写作之后，有很多圈内的朋友建议我细读一下《金瓶梅》，可能会找到与过去不同的感受。我这才托人买了一套汇评本来读，反复品读了几遍之后，想起欣欣子的评语：“其中未免语涉俚俗，气含脂粉。余则曰：不然。《关雎》之作，乐而不淫，哀而不伤。富与贵，人之所慕者，鲜有不至于淫者；哀与怒，人之所恶者，鲜有不至于伤者……”不免心有戚戚——佛在俗人眼里是大便，大便在佛眼中犹是佛，见仁见智，终无定论。

风流韵事不消说，即使人情世故，我觉得《金瓶梅》也比《红楼梦》写得要好。记得听过台湾著名作家张大春的一个讲座，他非常推崇前者，认为其细节描写如临其境、诗词歌赋水到渠成，不像后者，都是端着架子一笔一笔地雕出来的，太着力。此言甚是，尤其是在书中读到：“武松道：‘便是县里一个相识，请吃早饭，却才又有一个作杯，我不奈烦，一直走到家来。’那妇人道：‘恁地。叔叔，向火。’武松道：‘好。’便脱了油靴，换了一双袜子，穿了暖鞋，掇个杌子，自近火边坐地。”

好一双油靴！这什物现在的年轻人是不知道了，我小的时候还见过。过去生活困难时期，很少人家里有胶鞋，手工做的高靿儿棉鞋，外面用熟桐油油了，便是踩泥踏雪的工具。想那武二郎，自小父母双亡，与大哥相依为命，风雪中一步一步走回家来，不就是为了享受“脱了油靴，换了一双袜子，穿了暖鞋，掇个杌子，自近火边坐地”的温暖吗？即使一时半刻在大嫂潘金莲的上下其手中流连忘返，也并不失其打虎汉子气度，毕竟“无情未必真豪杰”。

除了生活的细节，我觉得值得一说的还有主人公西门庆这个人物。作为审丑对象，西门庆能够“穿越”到今天还不过时，除了作者出神入化的塑造之外，我们的文化浸淫其中发挥了不可替代的催化作用，也是不能被忽略的——也就是说，西门庆这个人物之所以刻画得成功，在于他既是一个个体，也是一个众多人物的集合体，所以才能在中国文化胎盘的滋养下“长生不老”。

让我们回到文本。

作为反面人物的西门庆不仅有钱，还拥有众多的如花美眷，似乎还有很多女人等着他去拥有。虽然横死街头的下场委实不好，但按照边沁的功利主义计算，也未必划不来。由此看来，潘金莲、李瓶儿等一众如花似玉的美人儿会哭着喊着扑向西门大哥的怀抱，无他，因为西门庆是他那个时代的好男人。

那么，什么是好男人呢？这理应该由女人来论才是。某电视台的一档相亲节目上，马小姐一句“宁愿在宝马车里哭泣，也不愿意在自行车上笑”顿成千夫所指，大众群情激愤，好像犯了天条。可细究之下，马小姐的说法亦不无道理。对一个心里多少还存有一点儿憧憬和幻想的女人来说，对于一个真正想把日子进行到底的女人来说，假如一定要在西门庆和武大郎之间二选一的话，她会选谁？

然而，在几千年传统的男权社会里，别说是选择男人，即使自己的命运女人也无法选择。所以，完全可以认为作者的态度是一种历史进步——潘金莲她们奋不顾身地争取和维护的，谁说不是一种更深刻的人性？即使她们的灵与肉都在万劫不复的扭曲中走向堕落和毁灭，难道这仅仅是一种“红颜祸水”的简单解读吗？我认为，在原始欲望的文本表象下面，是对人性本质深深的拷问——所谓善与恶、因与果都被打上了时代的烙印，以现实主义的角度看，这也应当是《金瓶梅》比《红楼梦》

的深刻之处。

而且泛泛地论起来，在中国传统文化的拖曳之下，所谓妇女解放仍是一个尚需时日的问题。在旧时代，妇女没有独立的经济地位，自然没有独立的人格。很多有才华的女子，在普遍认同女子无才便是德的社会环境里，其境遇较一般人更显坎坷不幸。虽有陆游“山盟虽在，锦书难托”的一往情深，也避免不了唐婉“怕人寻问，咽泪装欢”的人间悲剧。比如，曾经像薛宝钗一样对未来踌躇满志的袁枚三妹袁机，即使在婚前信誓旦旦地写下“我有秦宫镜，清光欲上天”的美好愿景，最终也无非是在遍地泥泞里夭折枯萎。对袁机的不幸，很多人只看作是个人遭际，包括妹妹袁杼，在《哭素文三姊》里也叹道：“似此才华终寂寞，果然福命误聪明。”但是，兄长袁枚对这个问题则看得更深：“斯真所谓女子无才便是福也。”当时的社会环境就是如此，佳人薄命。

在《金瓶梅》里，好男人绝对是物质的、形而下的——当然，现在也没有本质的改变——手眼通天的王婆，把它归纳为五个字：“潘驴邓小闲。”这曾经让很多提起它的人掩口失笑，然而笑过之后呢？当时的西门大官人曾这样“谦逊”地跟王婆说，这五样我都有一点儿。要是放到现在，有多少男人有底气这样说呢？

先说潘安。他不仅仅是长得帅，而且文有文才，武有武功。他是西晋文学三巨头之一，与陆机、左思并驾齐驱，当时就有“潘才如江”之誉。他三十多岁就出任河阳县令，令全县种桃花，遂有“河阳一县花”之典故。潘县长在任上颇有政绩，被太傅杨骏推荐为太傅主簿。不仅如此，在对待爱情的态度上，潘安又情深脉脉，与结发妻子杨氏伉俪和谐，始终如一，其所作的“悼亡诗”堪与元稹比肩。故李商隐有诗赞曰：“只有安仁能作诔，何曾宋玉解招魂？”

其实，在进入现代市场经济之前的很长一段历史时期里，男人长得不帅总是被认为家门之不幸，不仅女人不喜欢，男人也会讨厌他，甚至会直接影响到他的仕途。一个男人如果长得帅，就可能进入名人大全，名留青史。“敷粉何郎”何晏，魏明帝就是因他长得帅，就把公主嫁给了他，并封为驸马都尉。刘禹锡一声“何郎独在无恩泽，不似当初傅粉时”，道尽多少枯荣！但是，长得丑就可能会很倒霉，“以貌取人，失之子羽”——就因为长得太随便，子羽差点儿被孔子拒之门外。

然而，进入市场经济之后，价值观有了翻天覆地的变化，想那武大郎如果放到现在，就凭一“大郎牌”烧饼买卖，恐怕想不被人追都难。这就涉及另外一个人：邓通。邓通依靠汉文帝的恩宠，既垄断国家的矿产资源，又开着国家造币总公司，富甲天下。在那时，“邓”就等于“钱”——说实在的这个字不用多解释，钱不是万能的，但没钱则是万万不能的。但事情往往没有那么简单，有多少人能做到“不戚戚于贫贱，不汲汲于富贵”？即使能做到，又有多少值得夸耀的道德含金量呢？胡适之先生说：“一个文明把人生看作苦痛而不值得过的，把贫穷和行乞看作美德、把疾病看作天祸，又有什么精神价值可说？”

“驴”可以解释为某种生殖崇拜的图腾。女人是否真的在意这个另当别论，但多数男性暗自关切，却又不愿或不敢深究却是铁的事实。像“驴”一样威猛的超人图景，是不亚于房价那般令人拿不起放不下，远非可有可无的枕边小事。此事想来吊诡，莫非进化论是一种周而复始的轮回？《一路远去》里的男主人公因为无法履行丈夫应尽的义务，屡屡纵容女主人公“另谋出路”，于是爱情便有了另外一副模样。这个老套故事之所以吸引人，就在于它真实地描绘了女人也有七情六欲，而在此之前，很多男人以为女人并不需要这个，或者不应该需要这个——男人征服世界，女人征服男人，机关原来在这里。

“小”按现在的话来说，就是男人要学会在女人面前卖萌，要小心翼翼地呵护女人，体贴有加。情人节不忘记送玫瑰，生日惦念着订蛋糕……然而会“小”的男人，心里却往往有着叵测之“大”——据说，在西方绅士之国，老婆出差，老公总是嘱咐她带上安全套，遇到不测不要玩命。而在我们这五千年文明古国，老公肯定会给你一把刀，说，遇到强暴的歹徒，如果你捅不死他，一定要捅死自己，千万不能失身！可见小男人俯首帖耳的表象之下，有着怎样的“物权”意识！不是“小”便是“大”的男人们，何时才能把女人看得和自己一样？

“闲”就是要拿出更多的时间跟自己的女人泡在一起。江上之清风，山间之明月，不管多美妙，没有时间和闲情，一切都免谈。薛宝钗封贾宝玉“富贵闲人”，说在这世上，此两者最难得——富贵者不清闲，清闲者难富贵。可见一个“闲”字，要有多大的底气做铺垫吧！然而，当今盛世，此“闲”与彼“闲”却判若云泥，说谁是闲人，不是不恭，便是不屑。男人在家里闲着是无能，女人容忍男人在家里闲着是无奈——打拼的意思是，要舍身跟这个世界拼了！

物换星移，世道浇漓，然而不管世界怎么变化，西门庆从来没有过时过，需要我们从文化上来共同反思这个问题。解读西门庆的故事，其实并不完全是为了某种道德上的整饬——尽管绝大多数男人表面上都装出一副正人君子的嘴脸，但其实在他们的内心深处，能拥有西门庆的艳福大概是一个永远的梦想——我们应该怎样逐渐攀上更高的台阶，来审视时代和我们自己。在这一点上，我觉得有些古人比我们站得还要高，诚如文龙所言：“或谓《金瓶梅》淫书也，非也。淫者见之谓之淫，不淫者不谓之淫，但睹一群鸟兽孳尾而已。或谓《金瓶梅》善书也，非也。善者见之谓之善，不善者谓之不善，但觉一生快活随心而已。然则《金瓶梅》果奇书乎？曰：不奇也。人为世间常有之人，事为世间常有之事，且自古及今，普天之下，为处处时时常有之人事。”呜呼！这“自古及今，普天之下，处处时时常有之人事”，盖远非《红楼梦》所能及也！

是真佛只说家常

第一次读到托宾，是在王安忆老师编选的世界短篇小说精选《短经典》里。读过之后我就给忘记了，太淡，甚至可以说有点儿平淡。如果不在一字一句间目不转睛地细细品味，你简直不知道他在作品里想表达什么。

后来我在写作与父亲的一段旧事的时候，托宾《一减一》里结尾的一段话突然蹦到我的脑海里："我明白这些年来我拖延太过。我在黑暗的城市中簇新的床铺上沉入睡眠时，知道现在太迟了，一切都太迟，不会再有第二次机会。我得跟你说，我醒来后一段时间里，这几乎令我感到宽慰。"

从六七岁起我与父亲有了隔阂，几十年里我们都不曾化解，甚至从来没有拉过一下手。他快去世的时候，我匆匆忙忙赶回家。他已经咽气了。当时我确实很痛苦，但咀嚼痛苦的结果却是感到了某种轻松——如果不是因为父亲已死，我们之间的冷战可能还会一直持续下去。因为他的死，反而化解了很多宿怨，拉近了我们之间的距离。

“是真佛只说家常”，世间的人情物理莫不如此。托宾好似随口说出的异常平淡的东西，我们也都司空见惯，其实都是经过深思熟虑、反复咀嚼的。他总是用淡淡的一句话，便能说出蕴藏在我们的思想深处、总想表达但又不知道如何表达的那种亲人、朋友之间的疏离和隔膜。很小的时候，曾经有一段时间他和弟弟卡瑟尔寄居在阿姨家里，“阿姨用她自己漫不经心的方式对待我们”“没人听我们说话，看见我们也不笑，无论是我们中的哪个”，好像他们不存在似的。而作为他们的母亲，“一次都没联系过我们，一次都没有。没有来信、电话，也没来探视。我们不知道要被扔在那里多久。后来那些年里，母亲从未解释过她为何没来消息，我们也从未问过她在那几个月里是否曾想过我们的情况，我们的感受”。因而，这种因为大意或其他原因造成的疏离，终于成为一种习惯，毕竟“这应该不算什么，因为毫无含义，恰如一减一等于零”。

对亲人的疏离和防备所形成的思维定式，终于还是影响了他们的一生，以至于在他们的思想上包裹上一层厚厚的铠甲：“弟弟和我学会不要相信任何人。我们那时候学会不要谈论对我们重要的事情，我们执泥于此，终生怀抱这份坚定顽固的骄傲，仿佛这是一项技艺。”

这是心平气和的叙述，也是字字血声声泪的控诉。在大人的忽视里，孩子默不作声地长大了。而童年结在心头孤独的痂，永远都不会痊愈，改变它们的只有死亡：“我们又陪她待了一会儿，然后他们请我们离开，我们逐一抚摩她的额头，走出房间，关上门。我们走过走廊，在我们的余生，呼吸仿佛都会带着她最后的痕迹，最终的挣扎，仿佛我们自身在世上的存在已被我们看到的事一分为二，或一分为四。”

成长如蜕。对亲人情感的咀嚼和反思，最终会反映为对故乡的眷恋，也许那是我们最后从肉体到精神的归集之地。曾几何时，“我不信上帝……我连爱尔兰都不信”，但当他在机场遇到故人，得到额外帮助的时候，过去的一切终于又回来了：“我想到了上帝和爱尔兰。”

很多时候，托宾的小说读起来很像没头没尾，中间也不涉及所谓传统小说的“起承转合”。但只要沉浸到他在小说中营造的那种氛围之后，你才会发现在平静的生活表面之下，其实波涛汹涌、千头万绪。他的作品有一种生发的力量，只要你反复阅读，每次都有新的发现和新的体验。所以也有评论者认为，托宾的小说要读到十遍以上才能入其堂奥——我在写这篇评论之前，确确实实读了十几遍之多，然而还是有意境纷披、言犹未尽之感。

如果不知道托宾是个同性恋者这么一个前提，你很可能不能明白文中的“你”到底是谁。刚开始读的时候，我也一直迷惑，以为是打错字了。通过查阅资料才知道，他年轻时就公开过自己的同性恋取向，所以他说自己不相信上帝是其来有自的，毕竟爱尔兰曾经是最为保守的天主教国家之一，直到2015年同性婚姻才合法化，较其他欧洲国家晚很多。所以当我们知道这个前提之后，我们才会知道“你”到底是谁，也会明白在这部不足万字的作品里，蕴含了多大的信息量。它不仅关乎亲情、乡情，也关乎爱情。这种爱情是不能完全公开的，在他本已疏离的亲情之外，还有一份需要更加小心翼翼守护的爱情，他心里的隐忍和孤独，需要怎样的克制和挣扎？“我知道快吃完时，我母亲有位全都看在眼里的朋友，走过来看了看你，小声对我说我朋友来了，这可真好。她加重了‘朋友’这个词的语调，口气温和暧昧。我没告诉她，她看到的已经结束，已成往事。我只说是啊，你来了真好。你知道，当我不停说笑闲聊，不把话直说时，你是唯一恼怒摇头的人。从来没人像你这样在意这事。只有你总是要我说真话。此刻我正朝我的租房走去，我知道，如果我打电话对你说，在今晚这陌生的街头，痛苦的过去带着猛烈的力量又回到我身边，你会说你并不惊讶。你只会奇怪为何六年后才来。”

读到这里的六年，你也才开始明白开头所说的“我母亲已逝世六周年，爱尔兰距此时差六小时”的“六”是什么意思。

托宾的表达方式十分的隐忍和节俭，很多时候，甚至吝啬到了几乎多一个字都不愿意说的地步。这种大幅度的留白，只能靠读者的想象去填补。这也恰恰是他作品魅力之所在。比如这一段：“星期五早晨，护士问我是否觉得她很痛苦，我说是的。如果我此刻坚持的话，我肯定她能得到吗啡和一间私人病房。我没有征询他人意见，觉得他们会同意的。我没有对护士提到吗啡，但我知道她很聪明，从她瞧我的眼神，我看出说话间她知道我明白吗啡的功效。这能让我母亲舒舒坦坦地睡过去，舒舒坦坦地离开这个世界。她的呼吸会一来一回、一浅一深，脉搏会弱下去，呼吸会停一下，然后再次一来一回。”

紧接着，小说便写道："在私人病房中，那天夜里，呼吸一直一来一回，然后好像一起停了。”

这场事先预谋的“安乐死”，简直说得风轻云淡，不着痕迹。如果不是反复看多遍，很难知道其中曾经发生了什么。

浓缩在八千多字里的短篇小说《一减一》，讲述的本是“我”回爱尔兰参加母亲葬礼的普通故事，但这个故事却是对“你”说的。因此，在交错的时空和看似简单却一言难尽的人际关系里，展现了复杂的个人、社会、家庭、亲情、爱情和乡情的各种面相。我与“你”虽然已经分手，答应不给“你”打电话，但每当“有些夜晚，当那些悲伤的回音和晦暗的感触潜到我身旁，却比旧日更为强烈。像是细声低语，又如声声呜咽。我希望你在这里，我希望之前那些电话我都没打过，那些时候都不如此刻这样需要打电话”。我虽然害怕回到母亲身边，遭受她的漠视，所以远远躲开了她，但“那晚在飞机上飞越西半球时，我悄悄哭了起来，希望没被人发现。在遇见琼·凯芮之前，我回到了简单世界，在那个世界中，有个人的心跳曾是我的心跳，有个人的血液成为我的血液，我曾蜷缩在此人体内，而她本人正病卧在医院中。要失去她的这个念头让我心如刀割”。

与亲人和爱人的隔阂、疏离与冷漠虽然蔓延到了整个人生，但在最后终究会被打开一个缺口，让蓄积已久的情绪找到自己的归路。而通过文字和语言来铺陈这一切，虽然会再遭遇一次痛苦，但却是调和和抚慰疼痛最恰当的方式。

托宾的小说能够穿越文化的藩篱，直达我们心间。我们读托宾，也是在读自己。当我们在钢筋水泥的丛林里绝望于愈来愈粗糙麻木的感情时，我们遇到了托宾。他替我们说出了那种无以言喻的心情，也因此让我们完成了某种救赎。

第四辑

美食

老　　茶

喝陈年老普洱，起初的几泡红得浓稠，我常常泛起喝稀饭的古怪念头，因有焚琴煮鹤之嫌，故从不与人谈及。

开始，老茶总是一副历尽烟火的样子，茶汤黏得挂口，面相也浓得化不开，简直世俗得不得了。冲泡四五道之后，色泽逐渐澄明透亮，渐渐有了点儿混沌初开、拨云见日的通透，不过还是味甘香高，仍旧在市井味里挣扎。再往后就有些淡了，然而却愈加有回甘。其实，老茶的好正是那一回首的余韵，让人恋恋不舍，格外珍惜。不常喝普洱的人会觉得并无甚味，也会作刘姥姥之思："好是好，就是淡些，再熬浓些更好了。"

的确，那余韵需要耐心地等待和修炼。品得久了，就会咂摸出淡淡的枣香或樟木之气。总的说来，喝普洱茶并不需要多么大的排场。不过，虽是俗中见雅，也须有他人在场方才正经。三五老友，渔樵闲话，或臧否人物，或撒豆成兵，或一无挂碍、物我两忘，或酒肉穿肠、歌吟笑呼。

茶可以喝得风生水起，非关禅，非关道，这是普洱老茶的阔绰。

品绿茶，却似一个人的孤身相守、地老天荒。春困之时，冲一杯毛尖或龙井新蕊，对窗细看那嫩绿的芽头云卷云舒，上下翩然。窗内云蒸霞蔚，窗外诸事尔尔，逝者如斯。陡生“茶外无一事，窗外亦无一事”之慨。其实，绿茶并非不食人间烟火，其“望之俨然，即之也温”，感动常在不期而遇之处。普洱老茶虽然面目和善，浸淫久了，倒也有穿云度月、醍醐灌顶的敏捷。

品茶是要拿捏好关节的。早上起来就呼朋引类，拉开架势喝茶，纵使是好意为之，也难免着力过甚，拂逆了茶意。不信回想一下，若是逆旅之中，无论寒冬酷暑，能得一杯暖暖的热茶，哪怕茶质不甚好，小心地送入口中，便也会有幸福感逶迤而来。想想一千多年前，西晋“惠帝蒙尘，还洛阳，黄门以瓦盂盛茶上至尊”的百感交集，所谓江山，也不过是一杯茶的冷暖得失吧！

能在一起喝茶的人，在我看来是不一般的。我曾写过酒，写过酒友。眼前的日子愈过愈宽绰，无论是出门应酬或者家宴，十有八九是少不得酒的，酒友因此多如过江之鲫。但专门约了一起喝茶，就似乎郑重了许多，也更在意这些茶友。胸有块垒，抑或遭际不堪，首先念想的便是常常聚拢喝茶论道之人。不相干的人即使在酒席上相遇，也不过是三杯两盏淡酒的酬酢，断乎不会凑在一处喝茶，哪儿哪儿都是卯不对榫的。

此事想来甚觉奥妙万端——爱茶之人成千上万，唯三五知己凑在一处，在多如牛毛的茶叶面前，恰这几片叶子与这几人遇合，这是几世轮回修到的缘呢？

茶是人情冷暖的表记。《红楼梦》中，槛外人妙玉云空不空，看人奉茶，即使一言九鼎的贾母，她只用“旧年蠲的雨水”泡茶，而黛玉、宝钗喝的竟然是“五年前我在玄墓蟠香寺住着，收的梅花上的雪”。茶杯仅仅因为刘姥姥用了一下，她就坚决不要了，甚至放狠话：“这也罢了。幸而那杯子是我没吃过的，若我吃过的，我就砸碎了也不能给她！”妙玉后来的遭际的确令人扼腕叹息，是天作孽还是人作孽？诗云：“永言配命，自求多福。”其中的道理细细品来比茶汤还浓。

晴雯撕扇那一出，很难让人笑得出来。曹公借褒姒笑狼烟之典，为后来晴雯的落魄铺垫，不易猜出是哀是怒。待看到晴雯被王夫人赶出怡红院，宝玉去看她，她要茶喝那一段，才让人唏嘘不已：“晴雯道：‘阿弥陀佛，你来的好，且把那茶倒半碗我喝。渴了这半日，叫半个人也叫不着。’宝玉听说，忙拭泪问：‘茶在哪里？’晴雯道：‘那炉台上就是。’宝玉看时，虽有个黑沙吊子，却不像个茶壶。只得桌上去拿了一个碗，也甚大甚粗，不像个茶碗，未到手内，先就闻得油膻之气。宝玉只得拿了来，先拿些水洗了两次，复又用水汕过，方提起沙壶斟了半碗。看时，绛红的，也太不成茶。晴雯扶枕道：‘快给我喝一口罢！这就是茶了。哪里比得咱们的茶！’宝玉听说，先自己尝了一尝，并无清香，且无茶味，只一味苦涩，略有茶意而已。尝毕，方递与晴雯。只见晴雯如得了甘露一般，一气都灌下去了。”

其实，如人一样，茶也有性子。性烈者如妙玉、晴雯，四月裂帛，“宁为玉碎，不为瓦全”，像炭烧乌龙，面黑心狠，入口即夺人魂魄。性温者如安吉白茶，悠悠荡荡，率性而归，凤羽玉肤，淡颜素心，一派天真。当然，也有夫子一样“温而厉”者，如六安瓜片，初入口倒也平和，稍有贪杯，便会知晓它的手段。

前几日，久雨方晴，天气好得实在不像话，路边的桃花、樱花开得不管不顾，煞是泼皮。早上约了延玮去踏春。延玮又约了鱼禾，鱼禾再约碎碎。一众红口白牙环佩叮当者，先是在园子里煞有介事踏歌徐行，不久便心热口燥。本就不良于行，岂能躬耕陇上？终有好事者提议去“老家茶坊”喝工夫茶，二三子半推半就，卷土而去。

“老家茶坊”位于郑东新区，茶坊主人是一家报社的驻豫记者，因为好茶好友，索性弄了这间茶坊。故所来者一为好茶者，一为好友。茶坊主人内秀且内敛，诗书画兼修，深有心得，而且为人躬自厚而薄责于人，很有竹林七贤阮籍“发言玄远，口不臧否人物”之风度，在圈子里亦甚有口碑。

我与他是多年的茶友，平日都当自家兄弟看待。更重要的是，这几年诸事纷披心乱如麻，山重水复之际，他依然不离不弃护持左右。君子虽居乱世，不改其节，善人为善，岂有息哉！好在虽风雨如晦，仍鸡鸣不已。柳暗花明之时再作回首观，方知路遥人在。有如此一帮兄弟相扶，才使我从容优裕到不穷于道，不失其志。

被主人引入茶室，我先点了一款“月光美人”。此茶系普洱芽尖，其香淡雅脱俗，极适合女士饮。鱼禾是自负的家伙，自吹自擂好茶懂茶，平日喜饮滇红，对于普洱则只认熟不喜生。我笑而不言，只管以茶相劝。哪知她三杯“月光美人”入口，一脸的迷茫，连声打问此汤是什么仙味。当被告知是生普，顷刻之间迷茫被讶异替代，丝毫不加掩饰地连连叹道，原以为普洱生茶都是些粗枝阔叶，哪承想会有这般精细！主人闻言，更加殷勤，再上一道“雀嘴”，那叶片状如鸟喙，尖中见圆，瘦而不骨，顾盼生姿，单单看模样便知不是寻常之物。茶汤入口，意在茶先，几个回合下来，众人几欲醉倒。主人索性又端出看家的“紫鹃”，冲泡出来盛在透明的玻璃杯中，真个粉雕玉琢，雾气氤氲，似紫气东来，令人飘飘欲仙，竟把几个没见过世面的主儿看得呆了。

其实，在常泡茶馆如我这般重口味的老茶客眼中，这几道茶终不过是皮毛，只是拿来表演的套路而已。待踩完过门儿，我径直唤过当值的小姑娘，嘱咐她好生搬了一九九三年产的景迈老沱出来。这才是大戏开张，入了一板一眼、丝丝入扣的九曲回肠里。如同他乡漂泊了几十年，在一个风雪之夜撞开门寻回老家，蓬牖茅椽，绳床瓦灶，历历在目，亲得只想让人纵声一大哭。

此前我们曾相约写写茶。虽然我私下里一直认为我这几个姊妹不甚懂茶，但验明了正身，才知道她们有多不懂。延玮认下了“月光美人”，鱼禾抢了“紫鹃”，粉色的“雀嘴”自然给了碎碎，我则是千年不变的老景迈。上来的这块景迈是生沱，在岁月静好处如琢如磨，完全脱去了生茶的品相，色比琥珀，香气醇厚，回甘变动不居而又九九归一，若那贝叶经般，入化到了至高之境，虽然失去了新茶似有若无的蜜香，但深藏不露的陈窖劲道，非新茗所能望其项背。品得久了，便会感觉人茶一体，岿然静坐，四面生风。

不过，拿如此老茶与姊妹几个品了评了，意见竟参差不齐，方知各人好恶其实难同，也各能自圆其说。回头想想，甚不足为奇，即使生而为人也莫不如此，青春时生涩，却清新得人见人爱。到了盛年，圆通是足够了，却难免有了“开到荼蘼花事了”之步步惊心。见仁见智，在在有异，其唯茶乎！

不知是谁打问行情。主人埋首品茶，莞尔不语。此时不宜论钱，否则会斩杀喝茶人的心情。分明是些树叶子，不过被人点化，方有了阶级，致使这个普通物什贵贱亲疏，皆有等威，愣是被商人拿捏成了买卖。在我的理想国中，茶叶被人采下来放置一处，逆旅之人、文人骚客、渔人樵夫等各路好茶者只管去，各取所需，或点到为止，或极饮大醉，那才不辱没茶性。

我始终以为，如果朋友间的品茶是一场盛宴，那么夫妻之间品茶就更似一次小酌。不过也更得有仪式感，万不可太过随意——也许这只是我一茶癖——精选所喜爱的品种，下午三四点的光景，欢喜地喝趟下午茶，便是最精致的日月了。最好是有西窗的屋子，窗下放张木头桌子，鸡翅、花梨皆可。茶具一定要手工老泥做就，烫壶、温杯、洗茶一步都不能落下。那时斜阳夕照，天风流荡，满屋金黄。女人为喝茶而特意换上的碎花长裙，与男人干净的棉衫相映成趣。细品慢聊，碎语若醴，壶中日月悠久而绵长，那时光纵使一万年重复也是不会倦的。

“老家茶坊”碰巧有两间对照斜阳的茶室，茶友们松散地坐开去，由着伺茶的女子在珠帘明明暗暗的光影里游走。坐得久了，可以到偌大的茶坊里走一遭。墙上挂着京戏名角儿的水粉画，一如既往地低吟浅唱。迎门的架子上是主人收藏的各种玉器玩物，有小家子的碧透，也有当家人的雄浑。背面长廊里的酒架上各种名酒铺排得满满当当。大厅五米多长的红木长桌上备了笔墨纸砚，一时性起可以尽情泼墨挥毫。我最喜欢展厅里那几个大肚青花茶瓮，每每过去都要挨个儿打开闻一闻。有的浓烈，有的淡雅，有的放肆如春光乍泄，有的收敛到不露声色。这样两三个小时过来，净了口，洗涤了肝肠，只觉饿得撩心。碰巧谁谁得了稿费做东，便不由得揭竿而起、劫富济贫，让茶坊的厨子煎了鹅肝，或者一份六七成熟的小牛排，再佐一杯正宗的法国红酒，细嚼慢咽，仿佛一生一世，天闲日永。这日子真真奢靡到了“腰缠十万贯，骑鹤上扬州”一般癫狂。

我相信，这一班姊妹有了此番历练，“除了诱惑，什么都能抗拒”了。

闲话盛泽

到盛泽采风差点儿闹出笑话。人家司机问我，过去到过盛泽吗？我说没有。又问，听说过盛泽吗？我说没有。他转头吃惊地瞪我，怎么可以不知道盛泽呢？

不知道盛泽，莫非是一桩罪过？盛泽无非是一个乡镇，而全国这样的乡镇有四万多个，谁能都知道呢？不过，直到看到盛泽才明白，不知道盛泽，至少会是一个遗憾。

盛泽不仅仅是个乡镇，她是座都城，令全天下女人怦然心动的都城——丝绸之都。

在盛泽，五星级酒店林立，较之北方有些城市的星级酒店，其场面之阔绰、细节之考究，都不可同日而语，恍若来到大上海十里洋场。后来与当地人聊起来，不禁哑然失笑，原来这里自古就有“小上海”之称。其实，内地有“小上海”“小香港”之称的地方也不少，但名副其实者凤毛麟角。盛泽则不然，一片片高端社区被阔达的草坪环绕，树木葱茏。还有街道间游走的豪华车辆，都让人迷惑、恍惚。谁能相信，这样的盛泽，只是苏州吴江区的一个镇？

自唐代起，这里的丝绸生产已成规模。正德《姑苏志》载："绫，诸县皆有之，而吴江为盛。唐时充贡，为之吴绫。"吴绫，一个柔软得让人心痛的词汇，与之比肩的是吴语——吴侬软语，都是柔滑的、轻盈的、可亲近的。

元代，意大利旅行家马可·波罗游历到此，目睹了盛泽生产的丝绸和锦缎，并在《马可·波罗游记》中做了记述。至明末清初，盛泽形成了"水乡成一市，罗绮走中原"的盛况。清代中晚期，盛泽已经有金陵、任城、山西、绍兴、宁绍、华阳、徽宁、济东八大会馆——看着这个介绍，我不禁心跳加速，仿佛历史正穿越百年沧桑，朝我扑面而来。

我为自己是河南人而骄傲，不仅因为历史，更是因为现实。有朋友跟我说，现在的盛泽，几乎有三分之一是河南人。所以河南话也是该地的主要方言之一。

世事沧桑，大多昔日的繁华之地已几乎看不到旧时的踪迹，留下的只是回想和惋惜。而盛泽自明代中叶至今五百多年，虽历经盛衰，丝绸业始终不绝如缕，给点儿阳光就灿烂，以至于以一个乡镇的体量，与苏州、杭州、湖州并称为"中国四大绸都"。有谁会相信，盛泽每年生产的丝绸如果由全世界人民平分，每人可分得一米之多？

盛泽镇很大，常住人口约五十万，一个中等偏大的城市规模。但若是你把盛泽想象成过去那般遍地罗绮、万商云集、市声鼎沸，也是错了。互联网已经渗透到每一个行业和领域，实体门店正处于困难的调整时期。作为全国最大的交易市场，中国东方丝绸市场正在转型升级过程中。而当地政府在“互联网+”方面所做的努力和成效，也是有目共睹的。自2014年起，盛泽建成了一个现代化的采购中心——东方国际纺织城，并赋予了她一些新的元素，一个智慧型的、以互联网为基础的商贸平台，并于次年建成了一个网上虚拟商城。鼠标轻轻一点，就可以把盛泽辖区之内的两千五百多家实体纺织企业推送到全世界面前。我们看不到工厂，看不到纱锭和布匹，看不到熙攘的买家和卖家，但是，一个更加繁盛、更加雄心勃勃，包括三分之一出口的绸缎贸易市场，正在不动声色地占领着世界。

然而，对于更加感性和物质化的女人而言，盛泽的丝绸一条街依然是理想的购物和旅游胜地。你可以想象吗？这条街上一家小丝绸店一年的销售额就有数百万元，大的竟有几千万元。身处千万种颜色之中，你还敢相信自己的眼力吗？一位行家说，二选一容易，十选一也不费事，一百选一呢？世间的绮丽繁华，乱花渐欲迷人眼；抑或，不管繁花似锦还是锦似繁花，在纷繁的色彩面前，人最容易成为欲望的俘虏。但最终究竟要的是什么，当全靠自己内心的定力了。

当然，成为吴绫的俘虏，也是一件阔绰的雅事。

说实话，在来盛泽之前，我还真不知道宋锦就产于这里。宋锦起源于宋代，与南京云锦、四川蜀锦并称“三大名锦”。寸锦寸金，千年之华美，几乎达到极致。在吴江鼎盛丝绸有限公司，有一个叫“上久楷”的高端品牌，真正让人惊艳到震撼。从它的床上用品、男女新中装到箱包，几乎无法准确描摹它的华美。图案与花纹回旋眷念、对称严谨、顾盼生姿，华丽明艳与古朴高雅兼存。每种款式的设计中，你尽能找到各种国际大品牌的身影，又能感受到古老东方的灵魂，传统中国之辉煌和瑰丽尽在其中。一方意大利款的方巾，盛泽的丝绸，意大利的设计与染色图案，绝对不逊于任何一款世界名牌。而中国传统化的披肩和男士围巾，会让每一种肤色的民众爱不释手。精致的特质凸显出高雅的格调，“贵而不显，华而不炫”。千年宋锦，彰显的不仅是东方文化气韵，更是一种兼容并蓄的哲学语境。

在盛泽看到这样一句广告词：丝绸必将走向奢华。不禁愕然，丝绸什么时候不是奢华的呢？看到鼎盛丝绸有限公司举办的清末民国旗袍展，八十八件尘封已久的旗袍，或雍容，或华贵，或绵密，或淡雅，隔着百年时空，依然魅力四射、动人心魄。不知是今人现实的娇俏穿越到古时，还是古人骨子里的高贵盘桓至今。旗袍、锦缎，这些让女人不可抗拒的魅惑，无论是在新日子还是在旧时光里，只能代表高贵典雅、郑重其事的奢华。其实，大国之崛起，不仅指经济体量的增大，更是文化的翻身。鼎盛公司启动的高级私人定制，汲取古今中外之精华、八面来风之自信、卓尔不群之气质，我认为也是中国崛起的一部分。

翻看盛泽的老照片，厚厚的一大本，文化、风光、人物、风俗，包罗万象。我关心的，仍是旧照里的衣装。晚清至民国年间，富裕阶层的男人一般为长袍，外套锦缎小马褂，有丑有俊，有瘦削的商人，也有腆着肚子的乡绅。凭衣着和相貌思忖这些人物的身份和家世，细看很有意思。人靠衣服马靠鞍，这句老套的古话，蕴含着多么丰富的生活智慧啊！

照片上，女人多为宽宽窄窄的各式袍子，依材质大抵可判断尊卑贵贱的程度。清代的贵妇人一般着宽大的袍子，材质厚实绮丽，虽目光迟涩呆板，但尊贵凛然的气质依然破纸而出。民国的名媛穿起旗袍，十分庄重典雅；项链手环，十指尖尖，环佩叮当里是一份波澜不惊的笃定。若是看一大家子的合照，就更能读出许多故事。老爷和少爷的架势拿捏得准，进退有度；大奶奶、姨太太和小姐各就其位，秩序井然。不得不承认旧时代大家族里的阶级调和是一门艺术，让人在相差无几的表象之下，一下子就能看懂他们的身世和角色。

新中国成立后，有身份的女子一夜之间都换成了列宁装，英姿飒爽，神情活泼，倒也可敬可爱，只是觉得轻飘飘的，压不住阵脚。而较之这些新潮女子，换了棉布衣裤的男人更显得失了分寸，手足无措。

20 世纪 50 年代初至 70 年代末，国人着装多为蓝、灰、黑的棉布衣衫。小孩子们的衣服也鲜见花色，厚墩墩的棉衣，遮蔽了身体的灵动。身体笨拙，面目模糊，这就是那个时期中国人的时代特征。当时丝绸业的发展可想而知。

20 世纪 80 年代，盛泽的丝绸业再次兴起，照片中的女孩子们穿上了丝绸裙衣，明眸皓齿，飘飘欲仙；男士们西装革履，煞有介事，跃跃欲试。尤其是2000年以后，盛泽恍然已是旗袍的天下，各种照片中的女子都在秀丝绸衣裙，繁花似锦。只是，虽不过三十几年的空白，历史之手已经无情地掐断了附在丝绸上数千年的传统文化，在同样的丝绸上，再也辨认不出曾经的典雅和庄重了。

不记得是哪一年，国家开人大、政协两会，江苏、浙江的女代表相约，统一着旗袍上会，一时间点燃了会议最热闹的议题，褒贬不一。时过经年，仔细想来，丝绸之乡，以代表之名为地方支柱产业站台，是一件多么符合身份的事情啊！

说到此，便要回头说说盛泽盛虹、鹰翔、新民等几家大型丝织企业集团。它们均是国家级企业，更是丝织行业的大腕。他们多元化经营，构建集团航母，形成了石油、纺织、能源、地产、酒店等产业集团。可是这些集团，却无一例外没有自己的高端时装品牌。我不懂商业经营，也不知是否只要心无旁骛就能种瓜得瓜、种豆得豆。只是凭空想象着，它们若是能生产普拉达、爱马仕、例外之类的国际国内大品牌，站在我面前的，肯定不是这么多财大气粗的老板，而是温良恭敬的谦谦君子吧！

真正沉入盛泽的内里，你会发现盛泽虽然是丝绸之都，但真正的盛泽人却远远没有那么光鲜。一座座写字楼中尽是衣着简单的小白领；车间里在高温中作业的纺织工，织的是雪白的丝，穿的却是灰扑扑的棉布工作服。丝绸锦缎之乡，却鲜见锦绣之人，让人陡生“遍地罗绮者，不是缫丝人”的心痛。当与当地领导说起此事，丝绸协会的负责人说，绸缎是穿给闲人的，劳作之人无形态，丝绸的妥帖反而会暴露出身形的缺陷。此话可能有一定道理，但仍不得解，只是一味觉得用丝绸做工装，会是盛泽又一道亮丽的风景吧……

其实，盛泽不仅仅是一座丝绸之都，她还有一个别称——“吃镇”。得此诨号，也未必容易，在“民以食为天”的中国，更是如此。盛泽赢得吃镇，盛泽人则相应成了“吃精”——这个“精”字用得太妙了！与吃货比起来，那是何等的排场！所以，若你承认自己是吃货，那就赶紧去盛泽“认祖归宗”。当你从苏州、扬州一路吃来，经过红口白牙严肃细致地比较、鉴别，你不得不承认，盛泽的狮子头、红烧肉、太湖白鱼、蒜烧鳝鱼、阳春面和绉纱馄饨，确实较之前者技高一筹。

有内线说，能吃到镜湖才是境界。镜湖是一座公园，在园子里可以欣赏到西湖和瘦西湖的光影。不过既然说到吃，风景就可以忽略不计了。镜湖会所的饭菜，精美到你舍不得下箸，但又根本停不下来。一煲黄母鸡汤，色泽清冽，只搁了笋丝，那种特别的鲜美，用文字表达出来简直就是一种亵渎。选用食材的精良和烹制的精细，是此汤的一大法宝。一碗下肚，哪里还顾得了体面，待到第二碗、第三碗，索性放开了去吃。呵呵，吃货遭遇了美食，命都可以舍得，况面子乎！

盛泽是水乡，每餐的席面上都少不了虾、蟹、鱼、鳖、蚌，貌似平常的烧制，却在细微之处下足了功夫。如河虾，除了炒虾仁，还将生虾仁碾成浆，和鸡蛋调匀，以肉糜为芯，再包一层虾浆，做成球状，入猪油锅炸成金黄色起锅，复在火腿虾汁原汤中煮，煮至松软，吸收汤汁精华，其味入口难忘。换作我们北方，有这等工夫，怕早已在肚子里化作糟粕了。再看阳春面，其功夫主要在浇头制作上。盛泽人颇为自负地介绍说，盛泽的面馆对浇头有百般讲究。他们把浇头称为面浇，一般人家吃面，有蟹粉面、鳝丝面、鳝板面，用鲜蟹肉、黄鳝丝、黄鳝片鲜炒后做浇头。另有名气较大的面馆，比如著名的钟源面馆，会选用肥壮的黄母鸡汤，万阳春的冻鸡面则选用大公鸡做浇头。单单听他们说起，就已经馋涎欲滴了。

朋友送我两罐蟹油，仔细打听出处，方知是将蟹剥出蟹肉，用新鲜的肉膘熬成油，去渣后稍冷，倒入蟹肉、姜末，在文火中搅拌均匀，再撒些酒和细盐，起锅时放上葱末，直至五色纷呈方好。然后密封入罐，食用时用筷子挑入热饭，色、香、味俱佳……他们说，盛泽的名菜可以说上几天几夜。吃镇有七十二条半弄堂，每一条弄堂里都有地道的名小吃。虽然“吃精”遍地，但也没听谁胆敢说过吃遍盛泽。

我在很多文章里写过茶，盛泽的茶馆也值得一写，但估计是另一篇文章的内容了。盛泽曾经是万商云集之地，茶馆密集，冠于江南其他市镇。《盛湖竹枝词》记载：“五楼十阁步非遥，杯茗同倾兴自饶。”盛泽的茶馆之所以能密集到五步一楼、十步一阁，绝不仅仅为了供茶客吃茶的单一功能。自古以来，茶馆的多寡，均在一定程度上折射出当地社会与经济的繁荣程度。也可以说，茶馆就是一整个社会。

关于盛泽的话题太多了。每年的小满，盛泽人都要唱戏，而且一唱就是连续九天，昆剧、京剧，都要延请名班名角。到了今天，剧种增加了越剧、沪剧、锡剧等。盛泽百年戏曲之兴盛，大约与当地小满习俗关系密切。相传小满日是蚕神的诞辰，一般由丝织公司出资酬神。戏场主要在石板广场，此处可容纳上万人，能吸引江浙一带的戏曲爱好者前来，如潮如涌，热闹非凡。小满戏的祭蚕神庙，规模宏伟，据说其精美的建筑在江南各地也是翘楚。甚至还有人说，建造于清道光年间的这座祠堂，木雕砖雕之精美当属全国之最。

“茅台”是一种酒

每次参加作家们的活动，都要事先打探一下地点以及参加人员。若有自己喜欢的伙伴，就会更欢喜。这次接到《人民文学》的活动邀请，只听到“茅台行”三个字，一秒钟之内就抢着答复：我要去！

我已经随作家采风团三下贵州，唯有这次来纯粹是为着茅台。茅台镇在江湖上是一个传说，它与茅台的传说一起，芳香四处流传。在骨子里，对茅台镇是有一种神秘向往的，想看看那道著名的被称为“美酒河”的赤水。据说除了茅台镇的那段水，换了任何一个地方，用同一个配方酿出的都不再是茅台酒。想来那个神秘的小镇，夕烟晚照，云淡天青，连空气里都弥散着酒香，水流里点点滴滴都是甘醇。

我可以说是伴着酒长大的。我出生时，一生好酒的父亲高兴得一口气喝下半斤白酒，把我像羔羊一样托在手上，一口酒气喷出我第一声啼哭。可是后来，时光荏苒，世事变迁，父亲虽始终疼我以爱，我却没有爱他以酒，只是记忆里，在那个经济凋敝的年代，哪怕桌上只有一碟小咸菜，他每天的二三两酒也是必不可少的。父亲在很多事情上让着母亲，嗜酒是他的软肋。他总是小心翼翼地讨好，若是母亲不高兴了，给他添酒的时候就会生出很多枝节。父亲担忧母亲哪一天会突然断掉酒的供给，经常也会私藏一两瓶。有时候被我们发现了，便飞快地去告发。母亲笑笑说，知道了。却并不追究。喝了酒的父亲会变成另外一个人，像是这个家的大孩子一样，混在一群小孩子们中间，脸上除了胡子有点儿多以外，连笑容都跟我们相差无几。母亲做饭他就追到厨房去，母亲洗衣他就搬个小凳子在旁边坐着。他不会拉家常，反反复复的酒话多是头上一句脚上一句。母亲佯装呵斥他，语气里却渐渐有了度数和回甘。父亲在家里这样的修为，他的同事们是无论如何也想象不出的。他魁梧高大，脾气暴躁，工作雷厉风行，说话像钉钉子。我小时听我妈妈对我父亲说得最多的一句话就是，要是你这个月不喝，我就可以给孩子做件新棉袄，或者，你多喝几杯酒，孩子们就少吃一顿肉。父亲端酒的动作沉重起来，看看她，再看看我们。可母亲话虽这么说，却始终不曾中断父亲的酒。

那是20世纪六七十年代，父亲的羞辱贴满了整条大街，他的名字白纸黑字倒贴在墙上，并被打上了大大的红“×”，每次挨批回到家里，为父亲添酒的母亲会变得小心翼翼，并刻意弄一点儿好吃的佐他的酒。那是冬天，父亲喝干了杯子，家里的温度就高了一点儿。

我看见第一瓶茅台酒是在20世纪70年代，我上小学。父亲一个从部队回来探亲的朋友给他带回了一瓶茅台酒。“八元钱啊！”母亲感叹着。它没有外包装，只是包了一层绵纸。我们全家都围着这瓶茅台，父亲把它郑重地递给了母亲。母亲把那瓶酒打开时，满屋子的香气从此就存活在我的记忆之中。我曾经生气父亲用酒这种奇怪而辛辣的液体侵略了我们的物质生活，那天我却记住了——茅台是酒的一种，它是一个节日，一种仪式。

父亲晚年，因为身体原因，医生嘱咐要控制酒。我们尽量让他喝一点儿好的，不让多喝，一瓶茅台能喝上十天半个月的，他似乎从没有喝痛快过。后来他癌症做了手术，干脆给他断掉了，企图让他的生命多延续一些时日。父亲断了酒，就再没有笑过，食不甘味，仿佛他是不得已为我们而活着。可断了酒并没有延长他的生命。父亲去世后，我们从他的小储藏室里，翻出了十几瓶茅台，同他喝酒的杯子整齐地排列在一起，想必他最后的时间，每天都要去看看摸摸，担心着我们的不高兴，终是不敢打开。这后来成为我生命中最为愧悔的事情。除了酒，他一生再没有别的嗜好。

父亲的第一个周年，我们回老家给他烧纸，我先生执意要带上两瓶茅台。我边往地上浇酒边说：“爸，你就放开喝吧。”全家人的哭声突然放大了，好像父亲端着酒杯，又回到了我们身边。

那时候我知道，茅台不仅仅是一种酒，它还是情感的依托。

在茅台镇的日子，董事长季克良先生每一顿都陪我们喝几杯。我们见识了真正的酒仙风采，眼瞅着七十多岁的老先生一桌一桌地喝，一个人一个人地碰杯，只喝得童颜鹤发、神采飘逸。想来好酒真的能延年益寿。季总的书法写得如行云流水，不知道每次润笔是不是先要喝上二两茅台……

在茅台集团酒库，集团公司的办公室主任、诗人姚辉为我们打开了一瓶五十年的茅台。酒香馥郁，色泽金黄，连一向不喝酒的毕飞宇先生也睁大了眼睛。姚辉为我们斟满面前的杯子，讲述品酒的要领：一闻其香，二观其色，三品其味；品的时候不能只沾口唇，要喝满口，让口腔的整个味蕾接触到酒，是为品。我们在他的引领下，一连喝了三杯，柔软的液体在口腔里沉默了一会儿，先是进入我的感觉，然后是心灵，然后它浸满了我的身体。北京人说谁喝多了，总是说喝大了。那一刻我突然明白，真正的酒确实比人还要“大”。

我虽不善饮酒，随着年龄的增长，对美酒也有了一种沉迷，喜欢看别人喝酒，尤其是喝到微醺。其实，酒的文化是一种暗处的力量，它的外表看起来虽然不美，但却有用。一无所求，不过在眩晕里赚取几个小时的快乐，实在让人难以苛责。酒是人和人交流沟通不可替代的物质，老祖宗发明了它，一定是窥见了它神奇的力量。我前两年到一个县挂职锻炼，有一次到百姓家串门，乡领导介绍一个老大爷和我相见，说：“这是我们的女县长。”不想那大爷拍了一下脑门，说：“见过这闺女，在一起喝过！”他的话，让我们所有的人都笑倒了。我想起，这位大爷是我们一位同事的父亲，他去看儿子时我陪他老人家吃过饭。他这样讲，便是一种异常的亲近。见过、吃过饭，哪里能比得上在一起喝过？我们的酒文化就是，一起喝了、醉了，再相见就是亲人。

当然，在一起喝过便是一个事儿；若是一起喝过茅台，那肯定是个大事儿。

我喝白酒的历史大约不超过两年，说得出的一点儿皮毛，也只不过是装腔作势而已。说至此，必然想到一件让我十分感念的事情。这两年家里发生了很多事，过去没有太多联络的朋友都会想方设法拉我出去吃饭。这是一种表达。席间会劝些酒，喝一两杯。我生来任性，不懂得酒，当然每次都点茅台。喝一点儿酒，大家都快乐起来了。一位素来被大家取笑特别吝啬的兄弟，和我碰杯后说："大家都希望你快乐起来，你想喝茅台就喝吧，往后你的茅台酒我承包了。"这兄弟只是一个记者，不甚富足。他这一句酒话竟然让大家都湿了眼睛。那晚我喝了不少，执意要醉，但是越喝越清醒。

是啊，在你不能糊涂的时候，要想战胜自己心里另外那个孤傲的自己，却不容易。人到中年，总是喜欢再回首，凭借的要么是酒、要么是茶。借酒浇愁，无非是怕清醒的苦楚；凭茶沉吟，却是不想拂去如烟的温暖。

我家先生善酒，曾与很多朋友极饮大醉过，跟他喝过酒的多数朋友都成为他的铁哥们儿。关于他喝酒的种种传说，不说也罢。只是大家每每谈起他的能力，笑说，这个人，把他放在任何地方，都是能挣来茅台酒钱的。在这里，茅台不单是金钱和权力的象征了，它还成了一种能力。

酒如此让人快乐而沉迷，更何况是茅台！在茅台集团的餐桌上，主人盛情款待，每顿都不能不喝几杯。但这次代表团里善饮者寡，所以这项光荣而艰巨的任务便交给了团长。好在团长身手不凡，不但量好，酒风也忒正，谈笑间让一桌人七歪八倒，人家依旧我自岿然不动。酒会在暗处改变人的性格，每个人喝几杯都会活泼起来，甚至任性。我和格非先生私底下喝了三杯，并没有过多的话语，把酒喝下去，相视一笑，心灵里已经有了许多默契——相信有了这三杯茅台垫底，这一生在何处见了，都会亲切。靠写小说谋生的我们，没谁能绕过格非，他始终站在小说的前沿，为中国的纯文学作注。毕飞宇先生素来掌握着女性隐秘世界的温柔一刀，这个比女人更懂女人的家伙素来酒不沾唇，在茅台镇那几天竟然也没能抵御住致命诱惑。在这里，茅台又成了江湖上的一种势力。

在茅台集团的对话会上，我说了一句笑话："为什么在别处我只能喝一两，来到茅台我喝三两都不醉，难道我们平日里喝的不是真茅台吗？"我的玩笑里有满足，更多的却是珍惜。茅台是我们的国酒，是我们祖先贡献给全人类的一个大神奇，我们一定要以一颗虔敬之心倍加呵护。

在茅台集团的生产车间，我们参观了整个生产流程，全部手工制作，我们称之为"工艺"。在这里，最普通的一瓶酒，从提纯、存放到出厂，过程至少也得五年以上。

再喝茅台，我觉得是带着一种敬畏了。

来到茅台镇之后我才知道，关于茅台的那些神话，都是真的，是真神。不管你们信不信，反正我是信了。

家庭菜事

小时候的女儿与她现在的儿子一样，极不爱吃青菜。我就给她讲我过去的故事。我们上大学那会儿，学校没有暖气，几个室友就凑钱买个煤火炉子。烧的蜂窝煤是从教室里拿来的，其实是偷来的，每人下课后偷偷装书包里一块煤球，六七个人加起来，足够一天取暖用了。有了热炉子，单为烤火取暖就太浪费了。我们就煮一些吃食，什么都煮，土豆、红薯、胡萝卜……也常买几棵几分钱一斤的大白菜放在床下，下了晚自习，将白菜剖开，叶子整片地码在烧开水的壶里，只放盐，清煮白菜，味道却鲜美无比。女儿听了，果然嘴馋，嚷嚷着要我也煮白菜给她吃。我专等她放了学，煮一锅子白菜汤，当然不是清水煮，用吊了半个下午的高汤，加一把干虾仁，放生姜、葱白和她喜欢的红辣椒和花椒。这白菜汤她有滋有味地吃了一整个中学时期，只吃得颜面如画、身轻如燕，一路健康地把自己吃到大学里去了。

后来我遇到一个老将军，七十多岁的人了，看起来只有六十来岁。问他养生秘诀，他伸出两根指头说："两条：第一是每天一万步;第二是晚上不吃饭，清水煮白菜，加两个鸡蛋，盐都不放，呵呵。"

我的青春期，整个北方冬天的素菜似乎只有萝卜白菜。妈妈换着法儿吃——白菜炖豆腐，萝卜丝炒粉条……遇着好日子，会有猪肉片、猪杂碎和海带、木耳熬进白菜豆腐里，叫杂烩。杂烩当时是硬菜，谁家家里来了客人，就熬杂烩，那味道能香半条街。

我生女儿是阴历五月天，西红柿刚下来。我盼了一个冬春，就是想吃鸡蛋柿子面。婆婆到集上走了一趟，却回到家从床底下翻出一瓶自制的西红柿酱，装在输液用的盐水瓶里的那种。头茬的柿子贵，她舍不得买。这事我笑话她许多年，说她吝啬。一直到现在，我也极爱吃西红柿酱，捞面条或者大米饭，就配这酱。将几只柿子切碎，炒锅里加少量清油，微火慢炒，直炒出一碗鲜红的西红柿糊，拌在菜和饭里，胜过任何调料。

时下物流迅捷，南北方的蔬菜果子五彩缤纷，任性的青菜也完全不顾及四季，一茬一茬地在大棚里疯长。秋葵、鸡毛菜、茼蒿、折耳根，这些过去从来没听说过的菜，一种一种地吃过来，回过头来掂量，吃来吃去竟还是最爱那萝卜大白菜。就连包饺子也还是猪肉白菜的味道鲜美。

我子孙满堂的母亲素来被人赞为治家理政的高手，在北方，她的厨艺就算比较好的了，也只不过会做几种家常的饭菜。我父亲最爱吃她做的芝麻叶杂面条，把红薯面和豆面和在一起，醒半个时辰，然后手擀。面揉得瓷实，擀出来薄如蝉翼，细若发丝。面扑撒得多点儿，下出来黏黏稠稠，除了放用葱花香油浸渍过的芝麻叶，也放一点儿小菠菜或者韭菜调味。这面条我父亲吃了一辈子也没吃够，哪怕在外面应酬吃大餐，母亲也总是擀了面等他。

父亲的晚年，有时候孩子们请他出去吃海鲜，吃鲍鱼海参。他可惜钱，强撑着把每一道菜吃完，却几乎每次都会吃病一场。他非常不屑地评价，什么鱼翅燕窝，不如吃一碗你妈炖的大锅菜顺口。有时回来还跟我们算账，你们请我吃一顿饭花五百——他总是喜欢用手比画着五——交给你妈能买一家人半个月的菜，而且顿顿吃得得劲儿舒坦。我父亲除了崇拜我妈，一辈子没赞扬过别的女人。估计我的父亲母亲一生都没说过一句爱不爱的话，他们不过是平常的米面夫妻，但我们都深知父亲对母亲的依赖。他性情急躁暴烈，但和我妈过了五十多年，从来没有过一次口角。虽然父亲从没说过，但我知道他很恐惧生命里缺少我母亲。母亲偶有不适，他总是跟在旁边，逼她吃各种药，害怕我妈会有个好歹。父亲的眼中，这个世界，只有我母亲一个女人是会做手擀面的。如果没了她，他担心从此水深火热，没了饭吃。

女儿成家后请了阿姨做家务，自己却不学无术游手好闲，连碗面条都不会下。每次我去她家，都是专职厨娘。她爱吃我煮的汤、我做的饺子包子、我蒸的素面条和红烧肉饭。我有时会用一天的时间煲一只老鸭，鸭子捞出来拆成丝，用鸭汤煮小锅烩面，里面放上木耳、黄花菜、千张豆皮，起锅时滴一点儿麻油，放一撮香菜和蒜苗。女婿一口气能吃好几碗，意犹未尽地说："妈，我们可以在北京开个烩面馆了，保准生意好到爆棚！"

其实我并没有专门学过做饭，只是母亲平时做饭，我比较留心罢了，所以我每次做饭都刻意让女儿在旁边瞧着——无奈，朽木一块，心完全不在锅灶之间，不由得感叹："这家传的手艺怕是传不下去了。你们想吃家常菜，有会做菜的妈妈，你们的儿女想吃的时候，他的妈妈还会做吗？"女儿说："我儿子已经不家常了，他就爱吃西餐。"

我听了后，一时怔忪。所谓传统，在他们眼里是无所谓的。估计在她们后代眼里，就更不值得说道了。我觉得，现在需要讨论的是，传统已死还是传统必死？好像前一段时间，媒体上还在讨论为了迎合国际市场，怎么样才能使中餐标准化。中餐标准化是一剂毒药，就像中医一样，硕士、博士满街走，可真正的中医大师哪里还有？

女作家潘向黎写过一篇小说《清水白菜》，有外遇的老公，因想念老婆的一碗下饭的汤，从而回心转意。我和我老公生活快三十年了，我们的婚姻还算和睦。我不清楚一直没有离婚的原因，是不是他尚且满意我这个能下得了厨房的老婆。虽然这是个家庭问题，但不知道是问得，还是问不得。

姥姥和姥姥留下的菜谱

我记事时，我姥姥也就五十来岁，一个地道的乡下妇女。看起来，她那时已经很老了，小脚，裹绑腿，长发被一根银簪子盘在脑后，夏天穿白布衫子，其余的季节全是黑或深蓝。她一如既往地老，在我的记忆里从未年轻过。

我写文章也有二十几年了，从不写我姥姥，不是因为她不值得一写，而是很多作者笔下母亲的完美形象什么样，她就什么样——勤劳、朴素、聪慧、善良、美貌、隐忍、听观音菩萨的话……这些她都具备。

我乡下的姥姥，是足以撑得起“美貌”称谓的女人，椭圆的脸上，大眼睛，深眼窝，鼻梁挺直，嘴唇薄厚适当。我母亲和我小姨都是远近闻名的美人，她们的长相都随了母亲。而见过我母亲年轻时模样的人，都说我没能长过我母亲的相貌。

我之所以不写我姥姥，还有另外一个不好讲说的原因，真的觉得，一个没有缺陷的人，何以构成人物？我没有见过姥姥放纵地笑过。她总是微笑着，不与任何人生是非。姥姥的哭我倒是见过两次，一次是我姥爷的死。我姥爷比我姥姥小三岁。姥爷九十七岁那年，无病无痛地走了。其实半个世纪以前，人家算命的就告诉过姥姥我姥爷的死期。不知道她是不信还是给搞忘了，反正姥爷死的时候我姥姥哭了。我姥姥说："你死了，剩下我一个人可咋活？"话里的意思好像是我姥爷欺骗了她似的。

这或许是她平生头一回肆无忌惮地大放悲声。我们一边陪着她哭，一边诧异地打量着突然间变得陌生的姥姥。

姥爷死后，姥姥远嫁到安徽的妹妹过来陪了她一些日子。老姐儿俩住在一套没有暖气的房子里，自己做饭做菜，过了一个干干净净的冬天。我姥姥一辈子不指靠儿女，也不跟任何子女住在一起。她说，但凡我能动弹，就不让人伺候。翻过春节，姥姥的妹妹，也就是我的姨姥姥回家去了。姨姥姥走后，姥姥再一次放声大哭，她清楚地知道，这是她们的最后一面。

老一辈的人，我姥姥活得最长，但也最难写。谁都懂得，一个没有缺陷的人，多么不容易写。我们更愿意描述一些有个性的人物。比如我的婆婆，她同我姥姥一样，在乡下劳作了大半辈子，养育了一大群儿女，不漂亮，但坚韧、勤劳，把所有问题都自己扛。她一言九鼎，性情暴烈，泼辣到一条街上都无人敢惹。再比如我，暴躁、拒绝沟通、固执，做错事情也不轻易道歉。但我姥姥不这样。一言以蔽之，所谓"妇道人家"该有的她全有，不该有的一样也没有。

姥爷死时，我七十多岁的母亲跟随我小妹在深圳生活。她给我多次打电话，说要回河南照顾姥姥。这个要求被我严词拒绝，理由是她心脏不好，不能劳动，也不能激动。况且母亲在河南的兄弟姊妹众多，三个舅加两个姨，哪一个都比母亲年轻。

姥姥兑现了不让人服侍她的诺言。她死于姥爷走后的第二年，收麦子的季节。她说，麦子熟了，饿不着人了。说完这句话，她放心地合上眼睛，再都不愿意睁开。我的母亲未能和她的母亲见上最后一面。天太热，我还曾试图阻止她回来参加葬礼，但未能成功。我一辈子性情平和的母亲，跟谁都没说，直接买机票飞了回来。我明白，我让她伤心的，远不止不让她参加我姥姥葬礼这件事——不过至于有多少，到现在她也从未与任何人说过。

母亲的母亲死了，母亲的眼泪整整流了一年，只有悲伤，没有怨愤。我母亲的性情，也遗传了她母亲的大部分，要么选择忍让，要么选择遗忘。在姥姥的事情上，我或许欠母亲一个道歉，但我至今不肯给她。

姥姥在饮食上，似乎没有自己的喜好。她年轻时，公公婆婆和丈夫吃什么，她就跟着吃一口。及至自己老了，孩子们吃什么，她也是跟着吃点儿。她没有自己喜欢的吃食吗？很小的时候，跟着姥姥走亲戚，路上捡到一棵小葱，她剥了葱皮，直接塞进嘴里吃了。她牙不好，一棵葱嚼巴了一路。还有一次，我跟着她去大姨家。路过一片菜园，她让我在路边等着，自己进去找园子的主人，然后出来掐了一些地边上的小茴香叶子。那天中午，我们在大姨家吃到了用小茴香烙的菜馍。很多年后，我讲给我母亲听。母亲听后，半天没说话，后来终是抑制不住，哭了。她说，你姥姥她半辈子都饥着，嘴里是太缺味道了。

姥姥说她最会做的菜就是懒豆腐。她说，春天里，韭菜、荆芥、玉米菜、小白菜都是细菜，细菜要仔细着吃。到了秋天，一场秋雨，地里的萝卜白菜就长疯了。姥姥随便择一些老菜梗子、红白萝卜叶子，回家洗了、切了，打发眼前的小孩儿跑去豆腐坊讨几碗人家丢弃的豆腐渣。然后往锅里添些水，把青菜和豆腐渣放进去，多加几根柴火，慢慢熬，慢慢熬，一直熬出菜香。看到菜叶子与豆腐渣黏在一起了，起锅，把水沥干。捣一碗蒜汁，里面调和了盐和香油，泼在煮好的菜上，一份懒豆腐就做成了。姥姥拍拍手说，不限制，想吃多少吃多少。这就是她最拿手的菜，蒜汁拌懒豆腐，全部是边角废料做成。

我母亲说她记得起的，就是姥姥做的冬瓜。那时候粮食总是不够吃，还要先紧着干活儿出力气的男人。下雪天，孩子们都猫在家里，饿得不行。我姥姥就从床底下搬出一只肥硕的冬瓜，剖开，连皮切成块，仍然是放在大锅里熬煮，撒一把玉米糁子，只放盐，煮至软烂即可。我母亲说，一家人都围在灶火前，比过年还高兴，她一口气能吃三碗。

记忆中，我最爱吃的是姥姥做的豆腐白菜。豆腐切成方块，放柴火锅上煎至两面黄，加水，放姜丝和葱花。待汤水滚开，用手撕进一棵大白菜，一定要手撕。微火，熬煮到汤汁浓郁，香气扑鼻。这个菜我从未吃够过，后来自己也在家试过，可不管怎样就是做不出姥姥那样的味道。

姥姥还会做一道鱼汤。她们的村子前后都是河，那时水量也丰沛，河里、沟里都能逮到鱼。我们从城里回去过寒暑假，只要看到我们进门，姥爷便顺手提个篮子筐子出去了。他到河边随便摆弄几下，就会弄半筐杂鱼回来。有时候还会打到老鳖，姥爷会把它扔出去老远，说是晦气。那时候乡下缺食用油，姥姥就把这些鱼用面裹了，放进锅里用小火烘焙，直至两面焦黄（据说"治大国，若烹小鲜"就是煎这样的小鱼，不知真假），再用姜、葱、辣椒和醋水熬炖。快起锅时，搅拌半碗面糊糊倒进去，出锅时再放一把荆芥或者香菜。这鱼汤我得了真传，家里来客人了，偶尔会露一小手，获得称赞一片。

我姥姥没见过大世面，反正不在灶台前，就在窗台前，睁开眼睛就给孩子们弄吃弄穿。夜晚孩子们睡了，她还待在油灯下做衣服纺棉花；待孩子们醒来，她又在忙活着做饭。她活到一百岁出头，从会做衣做饭就一直重复着同样的日子——在一百多年里，安安心心地在一个院子和一个村子里干活儿，不知道该说伟大还是悲哀。她不会批评孩子，也没教过他们人生的道理，就只是让他们吃饱穿暖。有一次她跟着我母亲来我们家住了几天，看到我辅导孩子作业的时候态度急躁，便在孩子上学走了之后小声跟我说：“你跟孩子说话，别那么大声音可好？”

我姥姥一生好像就只留下了几个儿女和几道菜。别的，还真想不出什么了。

陈皮和女人之爱

最热的季节，午睡后的慵懒中，我读到那首诗：

巴巴地活着，每天打水，煮饭，按时吃药
阳光好的时候就把自己放进去，像放一块陈皮
茶叶轮换着喝：菊花，茉莉，玫瑰，柠檬
这些美好的事物仿佛把我往春天的路上带
…………

这短短的几句，顷刻俘获了我心底的柔软。菊花、茉莉、玫瑰、柠檬，统统可以忽略不计，只那块阳光里的陈皮，遮蔽了所有花香。

我不愿意是花，我愿意是阳光里的陈皮。

那天下午，诗人余秀华在郑州松社书店为她的新书做活动。我被书店请去给她助阵。活动结束后，她歪着头用左手签了她的书给我，完全不朝我看一眼。她穿背带裙、扎马尾，骄

傲得像一个初中的学霸。我夸奖她，好可爱！她完全不领情地回应道，你就直接说我不漂亮呗！对待一个诚恳的人，诗人任性得简直有几分无礼了，可就为着那句阳光里的陈皮，我可以原谅她一百次。

一个人的一生，有多少记忆留下的是好事物呢?

关于余秀华，我脑子里的关键词是：阳光、陈皮、爱情。因为喜欢陈皮，我喜欢上那个叫余秀华的女子。

其实，我对陈皮的认识与诗人没有太大关系。二十多年前去深圳探望母亲，她退休后住在深圳我妹妹家里。一个江门的河南老乡请吃饭，送给我母亲一斤二十年的陈皮。那时，北方人还不大了解陈皮，它也远远没有这几年这般普遍。印象里它只是一味中药，但在南方已经被炒得很热，被朋友渲染得能够包治百病。我将信将疑，不置可否，只是觉得母亲断不会用它。我母亲一生喜家常便饭，从不服用任何滋补食品药品。但出乎意料的是，那斤陈皮却让她津津乐道了好些日子。广东的夏天湿热，母亲刚去的头几年总是有点儿不适应。后来她固执地认为，陈皮医好了她的水土不服。无论谁去看她，她都要推荐自己熬制的陈皮水。一直到今天，她始终坚持每天烧开水时扔进去一片陈皮。屋子里漾起浓浓淡淡的药茶香，心情都忍不住好起来。

2009 年我应朋友之约，在大红柑收获的时节特意去了一趟江门。那时的江门比现在新，或者看起来比现在新鲜。当时北方的城市因为经济原因，还不太顾及容貌，看南方哪儿哪儿都觉得有异域风情。而且，因为那时我还算年轻有朝气，对他乡总是带着莫名其妙的好奇和热情。南方的树木，南方的热带水果，南方说客家话的土著居民，水灵灵、绿油油的一座小城……南方，轻轻读出来，水灵灵的感觉。洁净的街道上不时会遇见几个剥柑的妇人，果肉堆得小山一样，只留下皮。初次看见煞是心疼，那被剥了皮的果肉晶晶莹莹的一大堆，虽然走过去尝了味道是酸苦的，可就那样丢掉了，还是觉得有说不尽的可惜。

相隔十多年，应《香港商报》的邀请看岭南文化而再来江门。江门被北方新兴起来的城市比得略显老旧了。且不去说她，心心念念的却仍然是陈皮。我好茶，家里各种能长时间存储的茶有好多种，隔一段时间就要像陈列武器一样摆出来品尝把玩一遍。现在这年头，好茶的人哪有不好陈皮的呢？于是博古架上装陈皮的罐子越来越多，爱陈皮的阵仗明晃晃地都摆在显眼处。心情不好的时候，打开一个罐子深吸一口气，浑身细胞都被激活，对生活的满足感立刻就弥漫开来。我的理想生活就是开个茶店，不为挣钱，只为愉悦自己。店最好是和闺蜜一起经营，好的滋味至少得有一个懂的人和你一同分享，酒和茶尤其如此。

记忆里有那么一个冬天的下午，外面下着很大的雪，我的邻居何南丁老师的女儿何向阳到我家串门。她说："哎呀，一进你的屋子，好像到了南方。"那可不，我一屋子的花草灌木，绿意盎然。陈皮在煮茶器里翻滚着，香气氤氲。我们俩只把郑州作广州，忘记了外面漫天飞舞的大雪和滴水成冰的天气。我们这些贪图安逸的女人，爱极了有陈皮的日子。

那年在北京八大处参加茅盾文学奖的评选，谢有顺、金仁顺我们三个茶客建了一个喝茶的群，一有时间就在一起切磋茶艺。我们常常在上好的老普洱里，加一点儿高龄的老皮，用山泉水泡，果香、花香、蜜香各种尝试，玩得不亦乐乎。评奖结束后，有顺先生普度众生广结善缘，给我们一人寄了一斤“新宝堂”十五年的陈皮。偌大的阔口玻璃罐子，里面的陈皮面如重枣，让人馋涎欲滴。

吃了一年“新宝堂”的皮，始知“新宝堂”并不新，它创立于光绪三十四年（1908年），是一家有着一百一十多年历史、具有深厚品牌文化底蕴的“老字号”。

小说家的好奇心被勾起来了，对陈皮历史的钩沉激励着我。“新宝堂”的作坊到底有多大？有这么多好东西垫底儿，人家现在是传到第四代还是第五代了？终于，我们有机会走进“新宝堂”，一座占地面积达八万多平方米的现代化工厂出其不意地展示在我们面前。

展厅里各种年份的陈皮堆得像小山，异香扑鼻，那个身型清瘦，留着卷烫长发，我们都喊他“第一小提琴手”的人正在解说。对于陈皮，他显然有着艺术家的天分和热情。二十多分钟后我才被告知他就是新宝堂第四代传人陈柏忠。可我还是有点儿疑惑，从五年到五十年的果皮，如此充足的货源，从老爷爷老奶奶简陋狭窄的场地是如何收存到今天的呢？从这里流向满世界的陈皮，从种植到采摘，再到开皮、生晒、陈化，能保证都是这里产出的吗？

我真想看看柑园，看看采摘的工人，看看开皮的手工匠人，看看晒皮的场院，看看装在麻袋里预备陈化的新皮。后来我看到墙上挂的告示，出自“新宝堂”的所有陈皮都有“身份证”，可溯源。现代化对传统企业的举托，到此才令人恍然大悟。有国家质量认证的“新宝堂”，我对其还有什么可质疑的呢？

关于陈皮的记载，最早见于《神农本草经》，其中提到“橘柚，味辛，温……一名橘皮”，此处的“橘柚”应是指芸香科植物橘的果皮。宋代之前，广东新会虽然已经有人种柑，但都是小打小闹，自产自销，没有规模化生产。当地人对柑皮入药不甚了解，只偶尔烹调时用之。其实陈皮细分起来还是非常有讲究的，《神农本草经》所述橘皮为今之所用陈皮，现在所谓的新会陈皮，为古之所述柑皮。橘皮因陈久者良，而称为陈皮，产于广东者因为久负盛名，故名广陈皮；而产于广东新会者最优，故而称新会陈皮。它是广东三宝之首，也是十大广药之一。它盛名于明清时期，延续至今，种植历史已经有近七百年了。

参观途中，电影《天下无贼》的编剧、著名作家王刚，瞪着一双憨厚的圆眼睛打问：“女孩子也会喜欢陈皮？”这话问得令人捧腹。我也故意对他说：“那么天然芳香的物质，谁能抗拒得了？恐怕那才应该是女孩子的最爱。”他大惑不解。我觉得那疑惑是认真的。他说：“那味道能接受吗？”天！这个世界上还有味觉如此迟钝的人！一路走来，他只对岭南的烧鹅感兴趣，却不懂饱食过烧鹅，若是能煮一壶陈皮水杀杀腻，肚子或许会瘪下去不少。

20 世纪 20 年代，林徽因刚刚开始和梁思成恋爱，她因为肠胃不适而苦恼。梁思成从箱子里取出一块陈皮以开水冲泡，想必那芳香之水，能够让爱情迅速升华。梁思成祖籍新会，那陈皮肯定就是新会皮。我们参观了其父梁启超的故居，建筑精美坚固的屋厦，历经百年风雨依然完好如初。我突然想象，这样富庶的书香之家，上等的新会陈皮肯定是伴手之物……

新会有个霞路村，全村皆姓赵，有记载说他们是宋朝太宗皇帝的后裔。村口巨大的黄皮树上挂满了丰硕的果实，如今的“皇族们”在树下支起麻将桌，喝着颜色暗淡的茶水，日子缓慢而悠长。我很想打问其中的老人，他们为什么不喝陈皮水呢？

在村委会，我们看了一个关于村庄历史的短片，喝了一杯陈皮水。疑窦被解开，那味道不甚好，有浓烈的陈仓味。

我突然想到赵家与新会陈皮的陈年旧事。当年南宋理宗皇帝的母亲杨太后得了乳疾，御医们无论用啥药都治不好。时任徐州知府的新会人黄广汉，采用新会大红柑，用特制的办法制成了一种药材陈皮，其夫人米氏便用这个药慢慢地治好了杨太后的乳疾。杨太后奏请理宗皇帝用“邦显一品夫人”对黄夫人米氏加以封赏，从此“广陈皮”名满天下。

很多历史都是如此，草蛇灰线、伏脉千里，像一块新会老皮，放得愈久，味道则愈醇。

延边人民的菜单

我素来有收藏菜单的癖好，仿佛吃进肚子里的食物并不可靠，一定要写在纸上，时时掏出来审视之，方能确定。至今日，攒有菜单总也有几十上百张，其中有两次赴美考察时，两任驻纽约总领事彭克玉和章启月宴请时亲笔签名的菜单，简洁的中英文板书，亚黄，纸质精良，器宇不凡；亦藏有童稚手写体的朋友开的小食店的菜单，粉红柳绿的纸张，单薄得像是20世纪30年代革命青年散发的传单。不过，纵然单薄，也总是力透纸背，味道十足，毕竟这生活是富裕起来了，况“民以食为天”是几千年中国传统文化之要义。昨日的传单虽然凶险，说到底总也越不过“吃穿”二字;今日的菜单虽然一派祥和美满，也未必没有对灾年的担忧。比如在菜单上看到“大丰收”这道菜，往往会勾起对过去饥馑年代的恐惧。

第一次到延边，宾馆第一餐的菜单，就攫住了我的胃。十六开的暗纹明黄纸，右上角有一条龙，上首有饭店的印章，中间是长白山图案的小品，设计精美，犹如一幅古代的小卷。

菜单分冷菜、汤、水果、热菜四个部分。且听我读出几款菜式：野菜明太鱼羹、芙蓉朝鲜蟹、生吃鲜松茸、清蒸柳根鱼、时蔬饼煎沙参、人参焖牛排、烧肉老豆腐、农家炖榛蘑粉、窝头虾酱蒿秆……大多数宾馆的菜一般是徒有其表，只能看得却是吃不得的，而延吉的宾馆里却藏着如此原始朴素的民族味道，不由得令人对这个喜爱美食的族群顿生敬意。

我总觉得，朝鲜族女人在制作食物时，肯定对食物充满着敬爱，甚或说，那些美食是她们身心的结晶。一棵普通的、北方遍地生长的大白菜，经过她们数个回合的调制，便能做成誉满全球的辣白菜。可以冷吃、热炒，可以做成美味的汤；用保鲜袋封了，常温下可保存半个月。白菜可以做成产业，这在延边稀松平常，算不得是稀奇。

可以将延边这座约有六十五万人口的明珠城市称为“吃”城吗？六十五万人口的边城，竟有几百家大小餐馆。子夜过后，街道仍是灯火通明。延边的烧烤好像可以穷尽所有肉和植物，味道好得足以让善烤的新疆人俯首称臣。碧蓝的星空下，旅人散漫地游荡着，妈妈汤馆溢出的鲜参炖仔鸡的味道，氤氲着浓浓的思乡之情，让人不禁感慨万端。这个民族的心思都用来制作食物了，而吃饱喝足的延边人民个个精神饱满，喜气洋洋。如此热爱食物的延边，我想人与人之间应该是相亲相爱的吧？

在一家正宗的朝鲜族料理店里，我们欣赏到了来自隔壁朝鲜的几位少女的跨国歌舞表演。有一个瘦瘦的女孩眼睛始终盯着餐桌上方的墙壁，目无他物，我觉得她一定是在躲避这满桌丰盛的食物——我知道，这食物会伤害她。

在珲春的观景楼上，可以看到中、俄、朝三国风貌。植物是分不出差别的，朝鲜的小瓦房似乎没有我们想象得差。俄国的包德哥尔那亚小镇里，可以清晰地瞅见结实敦厚的小别墅，烟囱竖立。中午吃珲春的农家餐，二十几道菜式，味美无比。图们江的鱼、海澜江畔的稻米，奇香。隔壁两家近邻，不管嘴有多硬，估计很少有人能享用如此丰盛的美食。可见，让人民吃饱喝足是多么大的政绩。

用一个下午的时间去参观一家植物园，的确有点儿令人失望。植物园种植一些南方极普通的花草，甚至许多塑胶的假花散落在空阔的棚子里。十多个朝鲜族大妈起劲儿地表演着歌舞，动作与北方的广场舞相差无几，只是她们穿上了朝鲜族艳丽的服装。估计村子里的年轻妇女不多了，跳舞的大妈平均年龄七十岁，有两个舞姿和神情都还相当生疏。她们表演完舞蹈，便去表演做打糕，不另洗手，只在演出服上擦擦，就直接用手蘸了水摆弄蒸熟的糯米。另有人用木槌敲打砧板上的糯米，待黏稠成一堆，用剪刀裁成小团，粘上花生粉和糖，就算做好了。这些不会讲汉话的大妈,端着她们的食品到客人面前，诚恳地邀请我们品尝。

植物园的饭菜意想不到地好吃，色香味俱佳。说是意外，其实也在意料之中。在延边，几乎每家餐馆都有几样拿手菜，尤其是鸡，各有不一样的做法，那晚油汪汪的小母鸡是和糯米蒸在一起的。

小雨来得正是时候。在这三国交界之处，在这曾经被炮火和鲜血覆盖的土地上，饱食的人能悠闲地隔窗听雨，便是一份硕大的满足！所谓国泰民安，不过就是这番景象吧。

走的时候，大家在一面巨大的纪念牌上签下自己的名字。那时候我才闹清楚，金达莱花原来就是我们的映山红，学名叫杜鹃。想想也真是奇怪，《闪闪的红星》和《卖花姑娘》差不多同时进入我们的少年记忆，这种叫作映山红的金达莱，竟然要在几十年之后在中朝边境撞脸，真令人唏嘘不已。我想，这个植物园，应该遍植金达莱，让游客以他们自己的方式进入历史。

为了早日看到长白山，我放弃了去敦化看湿地。其实去长白山，主要是因为对天池的神往。天池是长白山顶中间的一潭圣水，传说是王母娘娘和七仙女的瑶池。由于常年的云雨天气，很少能有人透过乌云看见湖水的模样。据说，看到圣水的人，能行一生的好运气，这更加让人有了碰碰运气的野心。一道道通往圣山的关口，一次次排队换车，累得人们面无表情，终知“修仙之难”。终于，坐上了通往山顶的面包车。司机艺高人胆大，在陡峭的山道上把十几座的小车开得飞快。客人吓得尖叫起来。他似乎很享受这种刺激，很来劲儿地与大家开着玩笑。看来温文谦和的朝鲜族人，也有其张扬的一面。

从飞驰的车窗看山脚下，是几十万公顷阔大的原始森林，在阳光和云雾的缭绕中，色彩绚烂，有难以形容之美。这是我见过的最美丽的风景。

我如愿看见了圣山上的圣水。爬坡的过程中还飘着小雨，乌云蔽日。到了山顶，人声突然沸腾起来，云开日照。在山顶上俯视那一池湖水，瓦蓝碧绿，不曾沾染任何世间尘埃，与梦想的情景撞个正着，此水当为天池！

在长白山的山顶，我吃到了海拔两千七百米的高原上高压锅蒸熟的鸡蛋。仿佛我是第一次认识这个食物，那种美味也好像只有上帝的食谱才配有。

在延边品尝到的美味实在是太过丰富，原汁原味的朝鲜族食物，在北京最豪华的料理店里也难以遇见。比如那些新鲜的松茸，切成薄片，直接蘸了大酱生吃，大约是人间最清新的味道。松茸这种食用菌，目前尚无法人工栽培。所以在北京的朝鲜菜馆里找延边的那种感觉，等于自找没趣，失落是必然的。我想起了陆文夫《美食家》结尾处的那个孩子，吃惯了巧克力的嘴，再吃普通糖果，那哪里受得了！如此想来，延边一游，还真说不清是福是祸。

行走中的食物散记

祖母大字也不识一个，她母亲生她时大出血，生出来只来得及看了她一眼。她母亲在弥留之际说，这个孩子是求佛得来的，她一生须得吃斋饭。我的祖母活了八十多岁，一辈子没吃过任何动物及其衍生物。祖母嫁给我祖父后一连生了我父亲五兄弟姊妹，但仿佛皆与她无关。她只和佛说话，几乎不与人聊天。我后来写我祖母的故事，说这些都是她亲口讲给我的。我父母亲都瞪大了眼睛，他们笃定地认为我在睁眼发癔症："真是你奶奶说的？你奶奶……你是做梦吧？"

的确是我奶奶说的。我奶奶说的最有哲理的一句话就是："土地真是好东西，一块地里就能长出酸甜苦辣的吃食。"她平时吃到最好的食物就是用麻油炕个葱花油饼，过节的时候用素油炸一笸油条和馃子。她也喜吃扁食，用韭菜和铁锅里煸过的豆腐碎加几片新鲜藿香叶子做馅，吃起来别有风味儿。平日里，吃到树上新摘的苹果和桃李之类的果子，她总是喜形于色，满足之情从心里渗出来。她多么感恩啊，这一切都是土地给予的！我祖母的一生，真的是如诗中写的那样，她只关心食物和水，她不关心远方。打我记事起，祖母便和我们一起生活。我与她在一张床上睡，直到她与世长辞。我们像一对最亲密的伙伴，常常在漫长的夜晚窃窃私语。我什么都说与她——天上的星月、地上的河流，我所看到的花鸟鱼虫和每天经历的新鲜事。祖母笑眯眯地听我说，然后她也会给我讲很多故事，她小时候的事情。她姥姥家的杏树有一百多年了，比水桶还粗，每年结的果子可以够几十个孩子吃。果园里的柿子树有十几棵，柿子放熟了和在面粉里，炸出的柿子糕又香又甜。还有红薯泥，用红糖和香油炒，吃一口心都化了。祖母还教会了我很多技能，用白萝卜丝拌面糊糊，在锅里煎出焦黄的萝卜饼。西葫芦切碎做饺子馅，只需放一点点盐就鲜得让人流口水。

祖母教我用泡发的黄豆在小磨上磨成豆糁，和青菜一起熬，做成懒豆腐，一直到今天这道菜都是我的绝技。当然，我自小就是个吃货，我更喜爱荤菜，鸡鱼肉蛋比吃豆腐更让我欢喜。我有时候企图诱惑她，反复跟她讲肉有多香多好吃。她极少有地正色道，我老了要是糊涂了，你可千万别给我吃不该吃的东西！我知道，一向性情平顺的祖母心里的某些东西不能撼动，吃绝对是其中之一。

我半生都是个热爱食物的人，只是年轻时吃不出食物本身那种家常的好，稀罕外面新奇的东西，有一阵子喜吃海鲜，又有一阵子迷恋牛排、培根、羊角面包。甚至素菜也觉得南方的鸡毛菜、芥蓝、莴苣更洋气些。吃来吃去，终有一天吃明白了，北方人完全离不开萝卜白菜。那些新奇的菜品只能是点缀，而不可能是日常，更不消说主食了。河南、陕西、山西的老乡们离开面食真的活不下去。

前几日去了一趟山西晋中，回来增重两公斤。山西的食物，最能体味到土地的本真。酒足菜饱之际，各种餐后的面点才一一端上来。巴掌大的金黄的葱油饼吃一个不够，吃两个才觉得过瘾。一蒸笼艺术品一样的莜面栲栳栳，臊子一荤一素，另备下一小碗酱油、一小碗醋、一小碗辣椒、一碟子水萝卜丝或黄瓜丝。这般诱人的食物，不吃上一笼如何对得起人家和自己！荞面做的平遥碗托是用特殊的碗碟蒸制而成，用蒜泥、醋、芝麻、大料水、辣椒末、香油做成调料，将切成条的碗托浸泡在汁水里，观之晶莹剔透，粉白淡青，质地精细、柔软。衔之入口，光滑、细嫩，清香袭人。据说当年慈禧太后与十一国宣战后，逃难途经平遥，品尝过这种食物后方才安下神来。

至今我回想起那滋味，顿时馋涎欲滴。

在祁县我吃到了他们自产的熏肉。肥瘦相间，切片，用干红辣椒炒到焦香。那是一种独特的味道，只有在西藏吃过的藏香猪腊肉可以与之媲美。其实，吃遍千山万水，诸如广东的粤菜、四川的川菜、湖南的湘菜，只是觉得好，却很难记住哪一道、哪一品。倒是一些偶尔遇见的民间食物，入口不忘。我曾和文友在泉州走几条街巷，寻找侯阿婆的肉粽。求而不得的失望、意外撞见的惊喜，那种滋味是要记一辈子的。记得泉州还有一种叫面线糊的小吃，面线用鸡肉、蟹茸、大骨等熬出来的汤水煮成糊，吃时另配浇头。那次我们几个吃货逮到了一家好店，店里荤的素的有五六样浇头，一个浇头八元钱。有海鲜的、有肥肠的，样样听起来都很诱人。我们选择了半天，最后逼迫埋单的肖克凡一碗面加三种浇头，结果基本上把店家的武功给废了，糊糊咸得不能入口。

美食是让我们融入当地文化的最好媒介，一个地方饮食的优劣，一般与此地的文明程度相适应。晋中富庶，单从那些大院的奢华就足以证明。住在那院子里的饮食男女，吃该是头等大事。山西人的面食似乎是他们的日常，除了栲栳栳和蒸碗托，还有猫耳朵、刀削面、刀拨面、剔尖儿、剪刀面、饸饹面……说是有上千种做法，不知道是不是吹牛，反正我这个吃面食长大的河南妹子是彻底吃服了。老辈人说得对，好吃还是家常饭，米面是人类最应该敬畏的东西。我写文章常说自己是没有故乡的人，但也常常发觉自己有不可抑制的乡愁。我的乡愁就在母亲的案板上，一碗手擀面，一盘猪肉白菜馅饺子，一笼热气腾腾的手揉花卷儿，一大锅色香味俱佳的杂烩菜。对于游子，没有什么比一顿妈妈的美食更能安顿身心，更能抚慰灵魂了。

朋友家的儿子情窦初开时，屡屡追求女生不得，每一次都痛不欲生。我很是替闺蜜急眼，做妈妈的却不以为然，稳当当地给小子做顿好饭，吃饱了蒙头睡一大觉，再醒来，女朋友什么的都抛到脑后了。这孩子如今三十岁了，吃遍了半个世界。妈妈急得百爪挠心，问及为什么不谈恋爱不结婚，他说爱情太浪费时间了，呼架分手什么的徒生痛楚，有交女朋友的时间还不如找地儿吃顿美食。尽管我知道他是贫嘴，但经历过情感的千山万水，男女之间的最实际的爱，无非是搭伙吃饭。忙累一天，家里有个人等你，有热乎乎的一桌子饭菜，不是最极致的幸福吗？

到晋中除了吃面，平遥的牛肉和著名的“八碗八碟”还是要吃一吃的。八碗八碟是平遥一席传统宴席佳肴，用料讲究，口味绝佳。早在清代，商贾望族就设此宴招待贵宾。慈禧那年在此食用了知县用八碗八碟端上来的佳肴，还没入口就泪流满面。那种绵密悠长的滋味，含有多少家国情怀啊！故国八千里，只在此碗中！

我仔细地询问了八碗八碟的制作工艺，但他们秘而不宣，只说技法多样，烧、熬、炸、烹、酿、炖、闷、煮、蒸缺一不可。当然，食材是做好食物的基础，但制作者在食材中倾注的爱心和对食物的敬意，才是做成佳肴的根本。我喜好做饭，一汤一菜总是倾心倾力。如果做食物的人都不带感情，吃食物的人又怎么会吃出味道？

对于古人而言，食物像世事一样，质朴而平常。平遥古城的小馆子处处都有非常朴素且讨喜的店名和广告，“三种面”“要吃好肉往里走”“这是可以喝茶的地方”……招牌上的字好像走了很多年、很多路才走到这里，雅致、古拙，又透着精明的殷勤，颇勾连人的想象。怎么个好法呢？一定去里面尝尝那好味道。

晋中有多少个院子待考，晋中灵石县的人说，无论看了多少个院子，若是看了灵石的王家大院，别的大院统统可以不看了。王家大院的确气势恢宏，不过，看大院已经不是重点，王家大院最能引起我关注的是王氏家主竟是靠卖豆腐起家的。卖豆腐能建立起一个小帝国，那豆腐该有多好吃呢？那天中午我们吃到了大院附近餐馆的豆腐，有四五种做法，确实好吃到值得“众里寻它千百度”。我记得在河南周口老家，老豆腐是可以用秤钩子钩着称的，与这王家祖传的豆腐倒是可以放在一起论一论。豆腐是淮南王刘安还是陪伴他的道人们发明的，说法各异。但它起源于道人修道，却是不争的事实。

我祖母信佛，安葬她老人家时招待客人设的是素宴。我至今还记得柴火地锅里的豆腐熬大白菜。先把切成片的豆腐在热锅热油里翻炒，待炒出焦黄，加入花椒和葱花姜末，然后把用手撕成片的大白菜倒入，刺啦一声爆响后，加入适量的水，慢火熬二十分钟，直到汤水乳白。再放一点点盐，咸香甜糯，味道鲜美到极致。熬煮白菜至今是我的拿手菜，我用高汤吊，加虾仁和扇贝，但再没吃出老家地锅熬出的那种味道。

我是个善于动手的人，虽然住在郑州，但最好的烩面馆子也很难中我意。春节孩子们回来，我总是提前用砂锅炖上几斤羊肋巴肉，肉不能肥，但也不可太瘦。和面、饧面、制作面片都是极讲究的。其间要准备好海带、木耳、黄花菜、干豆皮、粉条、芫荽、青蒜苗。待肉炖烂捞出，晾凉切成肉丁备用。小锅取汤，一锅一人份。先煮海带、木耳、黄花菜、干豆皮，使其充分浸润肉汁，然后扯面入锅。汤要宽，待面滚一滚加入些许粉条，熄火时加入二两肉丁。芫荽和蒜苗是调味亦是点缀。有时我把羊肉换成老鸭，也别有风味。

从山西回到郑州，我便开始尝试做刀削面。开始是自己和面，但力不从心，毕竟刀削面要求得太劲道。于是改为在面条铺里买面，自己熬制高汤，依记忆里山西做法放各种精致配菜，鸡肉丝、鹌鹑蛋、海带、炸面筋、西红柿丁和几片黄心菜。自我感觉甚佳，放一点儿辣椒油和醋。初吃尚好，到了最后，觉得还是比晋中略有差距。那一方水土、文化、风俗，是怎么都移植不过来的。但我毫不气馁，接下来我要尝试做栲栳栳和碗托，我不怕人家笑话我是吃货。吃货有什么不好呢？吃货大多都是对人世充满善意的人，心思都用于饕餮和制作食物了，哪还有心思与人争个短长？吃饱喝足了，整个世界的不好都是可以原谅的。

食在晋，我觉得这原本就是一个理解山西的入口。生活的目的虽然不是为了吃，但吃却是为了生活。

“鲜”在汕头

我已记不起哪一年第一次去汕头了，好像仅仅是为了和广州的朋友去那里吃一餐饭，吃的什么已经全然记不得了，唯一的印象就是“鲜”。那时人在内陆地区吃海鲜得到海边去，看新鲜是次要，主要是吃新鲜。

此次是从杭州萧山转机去的揭阳机场。杭州意外很冷，匆匆去汕头试图取暖。谁知老天不假其便，雨一直下到了汕头，带着的裙子一件未用上。在汕头三天，穿的都是鸭绒小袄。

飞机在揭阳降落。说真的，揭阳也是去汕头的吸引力之一，揭阳是中国最大的美玉集散地，看过许多藏者收藏的珠翠都标注有揭阳工。谁知道去揭阳看玉翠也是一个妄念，下了飞机就被司机拉着直奔汕头，其间距离不到三十公里。

一

汕头的活动安排得满满当当，而几乎所有的活动都围绕在

“吃”上，这一餐还不曾吃完，下一餐已经有了预告。

在汕头，吃是一种学问，也是一种本领。不过，作为一个资深吃货，被吃饱喝足后的满足鼓胀着，惭愧之后突然变得坦然起来，权且作为一次美食之旅又何妨！

乍看起来，汕头的厨子大约是不需要技术的，几乎所有的海产品都可以清水白灼。从海里捞起，活物蹦跳之间，已经被捧上餐桌，快速进入饕餮者的口腹。若是像北方人烹饪猪羊一般，照着几天折腾，又腌又熏，再放上浓郁的酱料，加大量的八角茴香焖煮，海鲜还会鲜吗？

如果你仅仅以为汕头人只会烫海鲜那就大错特错了，内地吃的全牛小火锅约莫着就是跟汕头人学来的。汕头人捉将一头牛，三下五除二就宰杀好，迅速把各个部位分解。一口碗大的锅，烫一头整牛，是绝活儿。牛肉只在小沸的清汤里涮一涮，直接蘸了调料入口。

潮汕火锅师傅有一句名言：“清汤寡水。”这是品尝牛肉本初鲜美滋味的关键。仔细吃过几次，才能感悟潮汕菜所谓的清淡甘和：“清”是保持原味和营养，“淡”是蘸了调料后的淡而有味，“甘”是食材的甘甜适口，“和”是用辅菜和酱料调和。

作为原本骄傲的资深吃货，今天突然惘然若失。如今在南北方，哪里都能吃到不同类型的小火锅；但要想有发言权，必须亲临汕头一次，吃过了这个，那才有底气呢！难怪蔡澜先生会说：“唯有潮汕牛肉打边炉，才能代表潮汕。”

二

在汕头看到最激情的广告就是："汕头本港海鲜，刚捞上来就直接送上餐桌！"这广告换成"农夫山泉"体应该是："汕头不做海鲜，只做大海的搬运工。"

但汕头就是汕头，它不会那么矫情。它还会说：

"请注意，你的私人渔船已经出动，请准备好筷子咯！"

"牛炸了，汕头老牌牛肉火锅，轻松实现牛肉自由！"

在汕头做客，必须提防主人的过度热情，每上一道菜主家都会挨个儿分到客人的碟子里："吃吃吃，这个好吃！"那么好的美味，吃不净自己碟子里的东西，毕竟是一件尴尬的事情。但是汕头人没有虚头巴脑那一套，你说不会喝酒，就没人劝你酒；你说吃不下了，主人会直接收筷子了事。

这些年来东奔西走，身上落下了一堆"毛病"，其中之一就是从不拿自己当外人。在朋友的地盘上，吃到什么好吃好喝的，直接就开口要。比如，到了上海，就再来一盘大闸蟹；到了长春，再加碟子鲜松茸。这个"毛病"每每被食友拿出来作为笑话调侃我。这些个要求，不是回回都实现了吗？但在汕头南澳县，我却遇见了半辈子不曾经历的尴尬事。

连吃几天海鲜，实在吃不下去了。大家共同看上了一盘南澳金薯，其实就是北方困难时期养育了一代人的红薯，有的地方叫地瓜。夹了一块，三口两口下肚，惊呼道，这金薯不要太好吃啦！可是盘子还没转够一圈就见底了。我观察着大家垂涎欲滴的神情，依然像过去那样对当地朋友说，要不再来一盘金薯？估计朋友是觉得我在开他玩笑，只是看了看我，笑而不答。到了儿，金薯终是未再吃上。

金薯者，红薯也。若是在我们河南，我会让他们再上一大筐来。后来才知道此物在当地所产甚少，只有尊贵的客人才会上一盘。想想也是，真弄一筐上来，且不说让人家为难，就以我们“暴殄天物”的本性，餍足之后还会记得它的好吗？

三

我在汕头记得住的最好吃的食物，除了金薯，白粥当数第二。哪怕是中午，面对一碗难以下咽的海鲜粥，怯怯地问一声：“有白粥吗？”服务员立马回答：“有！”一日三餐，尽可吃粥。

汕头的白粥是我吃过的最好的粥，我每天早早地起来，就是为了两碗白米粥。可若是有朋友请你喝粥，你千万别以为真的就是喝粥，那里面的讲究可多啦。汕头人将白米熬成凝脂般米浆，一碗粥也能煮出花来，这是精细。

别赞扬汕头人会过日子，白粥可不仅是一碗粥，像皇上出场，后面要跟着三千佳丽。汕头人讲喝粥，就像我们北方人讲喝汤，是一种习惯说法。但北方所谓的喝汤，过去指吃晚饭，即使吃的馒头咸菜也说是喝汤，确实没甚排场。而汕头的喝粥，后面令人眼晕的配菜才是正题。录一段某粥店的广告如下 ：“粥店是汕头的名店。味道很好。各种生腌海鲜非常入味，口感鲜甜，肥嫩无比。店内各种海鲜、卤味应有尽有……”

来汕头一趟，看了半天，只是说到吃。其实也不必惭愧，这种传统其来有自。人家苏东坡被贬惠州，从不怼天怼地，一出口就是说到吃 ：“罗浮山下四时春，卢橘杨梅次第新。日啖荔枝三百颗，不辞长作岭南人。”苏轼说荔枝，我们看到了荔枝背后那种宠辱不惊的淡然心态 ；我说汕头的白粥，您真以为我在喝粥呢？